Surprise!
세상에 이런 일이!

Surprise! 세상에 이런 일이!

초판 1쇄 인쇄_ 2008년 7월 20일 | **초판 1쇄 발행**_ 2008년 7월 25일
엮은이_박소영 | **펴낸이**_진성옥 · 오광수 | **펴낸곳**_올댓북 | **공급처**_꿈과희망
디자인 · 편집_김창숙, 박희진 | **본문 삽화**_김순효
마케팅_이창원, 고우성 | **인쇄**_보련각
주소_서울특별시 용산구 원효로 1가 112-4 디아뜨센트럴 312호
전화_02)2681-2832 | **팩스**_02)943-0935 | **출판등록**_제1-3077호
http://www.dreamnhope.com| e-mail_ jinsungok@empal.com
ISBN_978-89-90790-79-8   03810 | **값** 8,000원
ⓒPrinted in Korea.
※ 잘못된 책은 바꾸어 드립니다.

Surprise

세상에 이런 일이!!

박소영 엮음 | 김순효 그림

울림book

_때로는 청량제처럼,
때로는 미스터리하게 다가온
또 다른 삶의 모습들_

이 세상에는 184개국 약 56억 명이 살고 있다. 땅도 넓고 사람도 많고 그에 따라 생활 양식도 제각각이어서 문화의 차이도 현저하게 다르다. 수천 년 동안을 지구촌 사람들은 그렇게 존재해 왔다. 숱한 전쟁을 치르면서 문화의 변화와 교류가 이루어졌지만 서로에게 문을 활짝 열어놓고 서로를 받아들이기 시작한 지는 그리 오래 된 일이 아니다.

특히 최근 들어서야 정보 통신의 혁명으로 인해 지구촌은 그 어느 때보다도 국가 간의 경제, 문화, 사회적인 교류가 활발하게 이루어지고 있다. 그 때문일까. 요즘 뉴스나 소문을 통해 알려지고 있는 신기하거나 쉽게 이해되지 않는 일들이 수없이 많다.

하지만 우리는 각종 채널을 통해 뉴스를 접하면서도 '과연 저게 사실인가?' 하는 의문 내지는 궁금증에 빠져들곤 한다. 전에 없던 아주 이색적인 일이거나 기이한 현상이 쉽게 이해되지 않기 때문이다. 따라서 혹자는 아예 인정하려고 하지 않는 이들도 있고, 또 일부는 대수롭지 않은 이야깃거리로 흘려 버리곤 한다.

시간이 흘러갔어도 많은 사람들의 머릿속에 남아 있는 신비한 사건이나 일들을 다시 재현시켜보는 일은 요즘처럼 복잡한 사회 구조 속에서도 획일화된 문화들이 판을 치는 세상에서 신선한 즐거움을 주기도 하고 또는 흥미로운 이야깃거리를 제공하기도 한다. 물론 많은 이야기들 중 대부분은 실제 나타난 현상이고, 확인 또는 증명된 것들이다. 그러나 일부는 아직도 미스터리 그 자체로 남아 있는 사연들도 있다.

이 책 속에 담겨진 내용들은 이미 대부분 세상의 많은 이들에게 공개적으로 소개된 이야기들을 기초로 재구성되었다. 여기 저기 흩어져 있는 미스터리하고 기발한 사건들을 찾아, 일상 생활에 젖어 하루하루의 삶이 그날이 그날 같은 나날을 보내는 사람들에게 때로는 청량제 같고 때로는 상식을 깨트리는 삶의 모습들이 우리와 함께 존재한다는 것을 보여줌으로써, 한바탕 삶을 즐겁게 비틀어볼 수 있는 시간이 되었으면 한다.

surPrise

1부
절대 불가 미스터리

2부

엽기 만발 미스터리

3부

초과학적 미스터리

 상상 초월 미스터리　　　4부

Surprise

절대 불가 미스터리!

'절대'가 통하지 않고, '상식'을 뛰어넘는 미스터리 세상!

우리가 미처 깨닫지 못하고 있는 동안에도 지구상에는 상상을 초월하고 엽기적이라고 할 만한 신기한 일들이 일어나고 있다. 상식을 뛰어넘고, UFO라고 믿을 수밖에 없는 초과학적인 미스터리들을 보면서 그 기발하고 비범한 일들을 통해 우리는 한바탕 삶을 즐겁게 비틀어 볼 수 있는 청량제 같은 시간을 갖게 된다.

우리 집은 '프랑스 샤를르드골 공항' 이에요

동유럽 작은 나라 '크로코지아'의 평범한 남자, 빅터 나보스키(톰 행크스).

어느 날 그는 뉴욕 입성의 부푼 마음을 안고 JFK 공항에 도착한다. 그러나 입국 심사대를 빠져 나가기도 전에 들려온 청천벽력 같은 소식!

바로 그가 미국으로 날아오는 동안 고국에선 쿠데타가 일어나고, 일시적으로 '유령 국가'가 되었다는 것이다. 고국으로 돌아갈 수도, 뉴욕에 들어갈 수도 없게 된 빅터. 아무리 둘러봐도 그가 잠시(?) 머물 곳은 JFK 공항 밖에 없다. 그렇게 공항에서 살게 된 나보스키. 영화 '터미널(The Terminal)' 포스터의 "도착한 지 9개월쨌데, 조금 더 기다릴까요?"라는 카피가 와 닿는 대목이다.

이 영화가 실제로 있었던 사건을 모티브로 했다면 믿을 수 있는가. 영화 속 9개월 정도는 가볍게 웃어넘길 만큼 자그마치 18년 동안이나 공항에서 생활한 사나이가 있었던 것이다.

그 주인공은 1942년에 이란에서 태어난 메르한 카리미 나세리 씨. 그는 정치적 망명과 기구한 운명으로 인해 1988년 8월부터 2006년 7월까지 자그마치 18년 동안이나 프랑스 파리 샤를드골 공항에서 생활했다.

나세리는 영국 브래포드 대학에서 유학 생활을 하는 동안 모하메드 레자 팔레비 정권에 맞서는 저항 운동에 참여하였다. 그는 1975년 유학 비용을 장만하러 테헤란 공항에 도착했다가 붙잡혀 감옥에 투옥되어, 추방되기까지 약 4개월간 고초를 겪었다고 주장한다.

이란에서 추방되어 유럽으로 돌아온 그는 독일, 네덜란드, 프랑스, 유고슬라비아, 이탈리아, 영국 등에 차례로 망명을 요청하지만 거절되었다. 1980년 10월 7일 그의 망명 요청을 유엔 난민국에서 받아들여 벨기에서 1986년까지 생활하지만, 영국으로 돌아가던 중, 프랑스 파리 샤를드골 공항행 RER 기차역에서 가지고 있던 소지품을 도난당하고 말았다. 기구한 운명에 운도 지지리 없는 인생 아닌가. 우여곡절 끝에 런던 히드로 공항에 도착하지만 여권 등 신분 증명에 필요한 서류가 없는 상태로 다시 파리 샤를드골 공항으로 추방되어 버렸다.

결국 그는 자신의 신분을 증명할 방법이 없어 결국 프랑스 파리 공항 내 무국적자 체류 지역으로 옮겨졌다. 1992년 일시 망명자 자격으로 입국이 허용되기도 했으나, 프랑스 법원에 의해 다시 공항 여객터미널 체류 지역에 머무르는 신세가 되어 버린 것이다.

최초의 망명 신청을 받아줬던 벨기에에 1995년 다시 최초의 망명 신분 회복을 요청했으나 벨기에는 자국법에 망명자가 자국을 떠나는 경우 재입국을 허용치 않았던 관계로 이 또한 불가능했다.

1999년 프랑스 정부는 그에게 임시 망명 여권을 부여해 프랑스에 살도록 허용했으나 나세리는 자신의 이름이 '알프레드 경'이라며 원래 이름인 메르한 카리미 나세르 이름을 거부하며 프랑스 제의를 거절했다. 이때부터 그는 정신적으로도 이상 증세를 보이기 시작해 자신이 이란 사람이라는 것도 부인하기 시작했다.

차츰 공항 생활에 적응하기 시작한 그는 스스로 주변을 청소하고, 승객이 몰려드는 아침 5시면 일어나 화장실에서의 세면으로 하루를 시작했다. 공항 직원들은 때때로 그의 의복을 세탁해 주기도 하고 소파, 의자 등을 제공하곤 했다. 그는 라디오를 듣거나 책을 읽고, 일기를 쓰는 것으로 하루 대부분을 보냈으며, 그가 이때 작성한 일기를 바탕으로『The Terminal Man』이라는 이름의 자서전을 영국, 독일, 폴란드, 일본, 중국 등에서 출간되기도 했다. 자서전 출간 이후 공항 내 서점 옆에서 사인을 요청하는 사람들에게 사인을 해 주기도 했다. 나세리의 공

항 인생은 2006년 7월, 병원으로 이송되면서 끝났으며, 2007년 3월 파리의 엠마우스 자선 단체로 이송되었다. 나세리는 자신을 소재로 한 이 영화에 대단한 관심을 가지고 기뻐했지만 실제 보지는 못한 것으로 알려져 있다.

나라도, 가족도, 자신마저도 잃고 18년 동안 떠돌이 생활 아닌 떠돌이 생활을 하게 된 그의 운명이 참으로 기구하다.

에펠탑과
결혼했어요

파리를 대표하는 '에펠탑'과 독일의 상징인 '베를린 장벽'이 '유부남'이라는 사실을 아는가?

이야기는 이렇다. 스웨덴 북부 라이덴에 살고 있는 54살 여성 '에이야 리타 베를린 마우어' 씨의 남편은 바로 베를린 장벽이다. 베를린 마우어는 베를린 장벽을 뜻하는 스웨덴 말로, 어린 시절 TV를 통해 베를린 장벽의 모습을 본 후 '사랑'에 빠졌고, 지난 1979년 독일을 찾아가 담벼락과 정식 결혼식을 올렸다고 한다. 1989년 베를린 장벽이 무너질 때 큰 충격을 받았다는 그녀는 그 아픔까지 자신이 감싸주며, 지금도 변함없이 남편인 베를린 장벽을 진심으로 사랑하고 있다고 한다. 무려 29년간 결혼 생활(?)을 유지하고 있는 이 분야 최장수 커플로 기록 중이다.

이 여성에 이어 에펠탑과 결혼한 신부도 있다. 미국 샌프란

시스코에 사는 에리카 씨가 그 주인공이다. 전직 군인이었던 그녀의 첫사랑은 랜스란 이름을 가진 '활'이었다. 그 덕분에 그녀는 세계적인 수준의 양궁 솜씨를 뽐낼 수 있게 되었을 정도이다. 이러한 에리카가 평생 사랑을 맹세한 대상은 바로 에펠탑이다. 이미 1년 전 가까운 친구들을 모아 결혼식까지 치렀고, 남편(?)을 따라 자신의 성을 '라 뚜르 에펠'이라고 바꾸었다. 재미있는 사실은 에리카도 한때 베를린 장벽과 사랑에 빠지기도 했다. 그러나 자신의 인연은 에펠탑이 확실하기 때문에 에펠탑과 결혼까지 이르게 되었단다.

이처럼 베를린 마우어나 에리카처럼 사물에 애정을 품는 것을 넘어서 성적 매력을 느끼는 사람들은 전 세계 약 40여 명 정도가 있다. 이를 '오브젝텀 섹슈얼리티(objectum sexuality) —사물기호증'이라고 하는데, 이들 '사물기호증' 소유자들은 대부분 자폐증의 일종인 아스퍼거 장애로 고통 받고 있는 경우가 많다. 극도의 외로움을 겪는 사람들에게서 나타날 수 있는 심리적인 현상이다.

심리치료사 제리 브룩커는 사물과 사랑에 빠지는 이들이 통제나 지배에 대한 욕구 때문에 사물을 애정 대상으로 삼는다고 분석하였다.

"사물과 사랑에 빠진다면 그 관계를 자신이 주도할 수 있게 되지요. 사물이 나를 가슴 아프게 하는 일은 없을 테니까요. 극도의 외로움을 겪은 사람은 이런 관계가 아주 매력적으로 느껴지는 거죠."

하지만 무생물은 일방적으로 사랑을 줄 수는 있지만 함께 교감할 수 없기 때문에 결국 외로움을 느낄 수밖에 없게 된다는 것이 전문가들의 견해다.

실제로도 에리카는 친부모에게서 버림받아 입양가정을 전전하여 성장했고, 의붓오빠에게서 성적으로 학대를 당하기도 했다.

사물과 사랑에 빠질 수밖에 없는 극도의 외로움을 가진, 그녀들. 자신의 성향을 떳떳이 밝히고, 공개적인 결혼 생활(?)을 유지하는 용기에는 박수를 보내지만, 그 아픔을 하루 빨리 치료하고 사랑을 주고받을 수 있는 '사람'과의 만남으로 행복해지는 날이 오길 바란다.

초 절정 짜릿한(?) 경험을 하고도 살아난 행운아들!

누구나 겨울철이나 건조한 실내 공간에서 생기는 정전기로 따끔했던 경험이 있다. 정전기로 따끔하는 정도로도 화들짝 놀라게 되는데 무려 25,000볼트의 전기 감전 사고를 겪고도 살아남은 10대 소년이 있다.

영국 위건에 살고 있는 16살 소년 샘 커닝햄은 자신의 집 인근에서 아찔한 감전 사고를 겪었다. 럭비공을 가지고 놀던 커닝햄은 럭비공이 철교 위로 올라가자 이를 되찾으려고 철교 위에 올라갔다. 그러다 그만 머리 위쪽에 설치된 기차 전력 케이블에 몸이 닿고 만 것이다. 아마 이 장면을 만화처럼 표현하자면 철교 위에 대 자로 뻗은 소년의 뼈가 고스란히 보이며 번쩍번쩍! 하지 않았을까.

상상도 못할 감전의 충격으로 소년의 옷은 불에 타고 말았는데, 소년은 발 부위 등에 화상을 입고 의식을 잃었지만 생명에

는 지장이 없는 것으로 알려졌다. 소년은 사고 발생 직후 병원으로 옮겨져 치료를 받았다. 소년의 상태를 본 의료진들은 이 정도의 감전 충격으로 살아났다는 사실은 '기적'에 가깝다는 반응이다. 이 사고 소식을 들은 철도 회사 관계자는 철교 위에 올라가는 행위는 위험천만하다며 각별한 주의를 당부했다는 후문이다. 행운의 소년은 살아남았지만, 흉내를 내거나, 별로 위험하지 않게 여기며 철교 위에 올라가거나 하면 안 되겠죠?

전기 감전 사고는 아니지만 짜릿(?)한 경험을 하고 살아난 행운의 사나이는 또 있다. 이번에는 번개 맞고 살아난 사나이의 독특한 사연을 살펴보자. 사람이 번개에 맞을 확률은 약 60만 분의 1이라고 한다. 게다가 자신의 생일날 벼락을 맞을 확률은 과연 얼마나 될까?

미국 매사츄세츠 코헷셋에 사는 스코트 오데이와 그의 부인 터커는 남편의 49번째 생일을 축하하기 위해 저녁식사를 하기로 했다. 저녁식사를 하러 가기 전에 해변을 산책하기 위해서 외출한 것이 사건의 시작이다. 그날 이 지역에는 폭풍이 빠르게 움직였고 그들이 귀가하려던 때 번개가 스코트 오데이에게 내리쳤다. 미국은 폭풍이 빈번하게 발생하기 때문에 다른 지역에 비해 번개로 인한 피해가 많아 각별히 주의가 요구되는 곳이다. 하지만 해변을 산책하던 무방비 상태에서 번개를 피할 재간은 없었을 듯.

"번개는 나를 1.5~1.8미터 정도를 날려 보냈고 나는 돌 위에

떨어졌다."라고 스코트는 말했다. 사고 당시 옆에 있었던 그의 아내는 "남편이 얼굴을 땅에 대고 피를 흘리면서 누워 있었고 의식이 없었다."고 상황을 설명했다. 당사자인 스코트는 순간 무슨 일이 있었는지 기억이 나지 않았다며, 아내가 자신을 기대게 하고 모든 것이 괜찮아질 거라고 말했던 것만이 어렴풋이 기억이 난다고 했다. 정신이 돌아오면서 발의 느낌이 없다고 소리를 쳤다는 스코트.

다행히 근처에 있던 사람들이 휴대 전화로 응급차를 불렀고 배로 근처 부두로 가서 응급차로 옮겨 탈 수 있었다.

번개는 스코트 씨의 왼쪽 어깨로 들어와서 오른쪽 다리로 빠져나온 것으로 보인다. 그야말로 그의 몸을 위에서 아래로 꿰뚫고 지나간 셈이다. 생일을 축하하기 위한 외출이 마지막 외출이 될 뻔한 아찔한 기억을 갖게 된 스코트 씨는 생일선물로 번개와 행운을 동시에 받은 셈이다.

주룩주룩 20년 동안
눈물 흘리는 여인

　우리는 실컷 울고 나면 뭔가 속이 시원해지는 느낌을 받게 된다. 우는 행위를 통해 몸과 마음이 정화되는 것이다. 카타르시스의 일종인 것이다.

　미국의 생화학자 윌리엄 프레이 박사는 기쁘거나 슬플 때 흘리는 감정이 섞인 눈물의 성분에는 카테콜라민이 다량 들어 있다는 사실을 밝혀냈다. 카테콜라민은 인간이 스트레스를 받을 때 몸 속에 대량 생성되는 호르몬이다. 반복적으로 분비되면 만성위염 등의 소화기 질환은 물론 혈중 콜레스테롤 수치를 높이고, 관상동맥 협착 등을 일으켜 심근경색, 동맥경화의 원인이 된다. 그런데 이 카테콜라민을 인체 외부로 유출시켜주는 인체의 방어기제가 바로 눈물인 것이다. 실제로 눈물을 흘리지 않으면 몸이 대신 아프다는 사실이 과학적으로도 밝혀지고 있다. 이러한 사실을 근거로 '울음 요법'으로 병을 치유하기도 한다. 잘 우는 사람이 긍정적 정서가 높으며, 위와 심장 건강도 훨씬 양호하다는 보고도 있다.

이렇듯 '눈물'이 주는 효과가 속속 입증되고 있는데, 만약 20년 동안 쉬지도 못하고 운다면 그 이야기는 조금 달라지지 않을까?

말레이시아 멜라카에 살고 있는 '실라'라는 이름의 한 여성이 그 주인공이다. 7살 이후로 지금까지 20년 동안 펑펑 울고 있어 괴로움을 호소하고 있다. 그녀가 이렇게 평생 울고 있는 이유는 실연을 당해서도 아니요, 극도의 슬픔을 겪어서도 아니요, 사랑하는 사람이 죽어서도 아니란다.

20년 전 어느 날 잠을 자고 있던 당시 7살이던 실라의 손을 코브라가 물고 간 이후, 이렇게 밤낮 할 것 없이 울고 있는 것이다. 현재 잠을 자는 3시간 정도를 제외하고는 하루 종일 눈물을 흘리기 때문에 어떠한 일도 할 수 없어 고통을 받고 있다. 학교도 갈 수 없고, 친구들과 만나 놀 수도 없다. 그저 방에 앉아 우는 것이 그녀가 할 수 있는 전부였다.

실라의 부모님은 딸의 병을 고쳐보려고 병원도 가보고, 절에도 가보고 있지만 아무런 효과도 보지 못하고 있다. 더군다나 흘리는 눈물의 양이 너무 많아 생명까지 위태로운 지경이다.

도대체 그녀의 눈에 20년 동안 눈물이 마르지 않는 이유는 무엇일까. 그녀는 이렇게 평생을 아무것도 하지 못하고, 웃지도 못하고, 그저 눈물만 흘리며 살아야 하는지……. 그녀의 사연을 접한 모든 사람들이 안타까워 하지만, 아직 그 이유도, 원인도, 해결책도 찾을 수 없어 아무도 그녀의 눈물을 멈추게 하지 못하고 있다.

6천 살 된
바오밥 나무 술집서
술 한 잔 어때요

톡톡 튀는 아이디어의 이색 공간들이 인기다. 도심 속에서 자연을 느낄 수 있도록 꾸며진 찻집, 커다란 수영장을 개조한 술집, 독서실 모양의 라면집 등등. 심지어 회사들도 직원들의 창의적인 사고를 위해 사무실 공간도 독창적으로 꾸미고 있다. 얼마나 이색적이냐가 경쟁력으로 좌우하는 세상이다.

그런데 혹시 실제 나무 속에 들어가 본다면 어떨까? 그것도 단지 구경이 아니라 실제 나무 속에 들어가 술도 마시고 밥도 먹을 수 있다면 어떨까? 그야말로 이색 공간의 최고라고 할 수 있는 나무 술집이 있다. 나무 술집이라니까 마치 만화에서나 볼 법한 이야기라고? 천만에 말씀이다.

실제로 남아프리카 공화국 림포포 주에 바오밥 나무 술집은 이미 입소문을 타고 전 세계에서 몰려드는 관광객들에게 인기 있는 곳이다. 높이 약 22m에 달하는 이 바오밥 나무의 수령은

자그마치 6,000살이다. 림포포 주의 선랜드 농장에 위치한 이 나무는 40여 명의 성인이 양 팔을 벌려 둘러싸야 간신히 나무를 안을 수 있을 만큼 거대한 크기를 자랑한다.

나무 속 술집은 아늑한 분위기는 물론 자연 환기가 이루어져 항상 쾌적하다. 그야말로 100% 천연 자연으로 이루어진 공간이기 때문이다. 맥주를 차갑게 보존하는 지하창고는 물론 전화부스와 다트 등 편의시설도 훌륭하게 구비되어 있어 다른 술집과 다를 바가 없다.

실내 사진만 보면 실제 나무라고 생각하기 어려울 정도이다. 전기도 들어와 불을 환히 밝힐 수 있다. 이 술집의 내부 높이는 약 4m에 달하며, 15명이 편안하게 앉을 수 있을 만한 공간이 확보되어 있다. 농장 소유자인 헤더는 "한 번에 54명이 들어온 적이 있었는데 너무 좁아 추천하고 싶진 않다."며 적은 인원이 들어와야 마음껏 이 공간을 즐길 수 있다고 말했다.

바오밥 나무 술집은 1980년대 개장 이래 매년 7,000명 이상의 관광객이 찾아오는 명소가 됐다.

헤더는 "이 바오밥 나무는 지구상에서 살아 있는·나무 중 가장 큰 나무일 것이다."라고 밝혔다. 바오밥 나무는 약 1,000살이 지나면 자연적으로 속을 비우는 것으로 알려져 있다. 자연적으로 비워진 속을 개량해 관광명소로 탈바꿈한 아이디어, 시원한 나무 그늘만 찾아갈 것이 아니라 나무 속으로 직접 들어가 볼 수 있게 된 세상이다.

5살에 엄마가 된 아이

임신과 출산, 그것은 여성들에게만 주어진 특권이자 성스럽고 위대한 일이다. 새로운 생명을 잉태하고 한 인간을 세상에 등장시키는 일이니 얼마나 소중하고 큰 일인가? 그럼에도 불구하고 요즘 세상은 출산률이 떨어져 각국이 고민거리에 빠져 있다. 우리나라도 예외는 아닌 게 현실이다.

그러나 때로는 출산 그 자체가 충격이자 과학으로도 이해하기 힘든, 그야말로 별난 일로 세상에 알려지기도 한다.

엄마 치맛자락을 꼭 잡고 인형을 들고 다니며 재롱을 부려야 하는 다섯 살짜리 여자아이가 아기를 낳았다면 믿을 수 있을까? 믿기 어려운 일이지만 그것은 사실이다.

1939년 5월 14일. 남미 페루에서는 다섯 살짜리 아이가 제왕절개로 6파운드의 남자아기를 출산했다. 보통 건강한 여성들이 정상적인 출산을 한다면 20살은 넘어야 한다. 물론 10대

후반에 출산을 하는 경우도 있지만 여자 자궁이 성숙하게 발달되는 시기는 평균 20~30살 사이이므로 이때 아이를 낳아야 산모도 아이도 건강할 수 있다.

그런데 리나는 5살에 엄마가 되었으니 참으로 놀랍고도 신기한 일이다. 리나 매디나의 출산이 사실인 것은 리나가 놀랍게도 3살 때부터 월경이 시작되었다는 것이다. 리나의 아들 제라르도는 건강하게 자랐으며 그가 10살이 되어서야 그저 다섯 살 차이인 누나로만 알았던 리나가 친엄마라는 사실을 알게 되었다. 그후 제라르도가 30살이 넘도록 둘째 아이를 낳지 않았다. 아이 아빠가 누군지도 모르는데다 5살에 아이를 낳았으니 리나가 살면서 짊어져야 했을 정신적 고통은 가히 말로 표현할 수 없을 것이다.

리나의 둘째 아들은 그녀가 38살이던 1972년에 출생했다. 하지만 더욱 슬픈 일은 다섯 살에 난 첫아들이 1979년에 사망했다. 물론 리나는 지금도 페루의 리마에 생존해 있다고 한다.

리나와 같은 경우는 몇백 년에 한 번 나올까말까한 경우이며 같은 일이 다시 발생하지 않는 게 좋을 것이다.

최근 몇 년 사이에는 9살의 소녀가 출산을 하여 화젯거리가 되기도 했다. 이 소녀는 브라질 정글 속에서 살던 소녀다. 불행의 씨앗은 브라질 정부가 개발을 위해 밀림 지대의 나무를 잘라 내고 그 자리에 곡물을 심는 경작지 확장 작업을 벌이면서 발생했다. 정글 속 개발 지대에 살던 소녀는 현장에 와서 일하던 노동자들의 먹거리, 빨래 등을 도와 주었는데 그 때 노동자들 중 누군가가 소녀를 범한 것이다. 소녀의 배가 유난히 불러오는 것을 이상히 여기고 있던 어느 날 소녀는 갑자기 통증을 호소하다 기절했다고 한다. 마침 공사장 헬리콥터로 바로 병원이 있는 마을로 옮겨졌는데 알고 보니 임신 8개월이었던 것이다. 병원 측은 수술을 통해 뱃속의 아이를 살려내어 인큐베이터에 넣어 키워주었다고 한다.

오줌으로 눈 녹여
살아난 사람

살다 보면 별의별 사람이 다 있다. 하지만 오줌 때문에 살아난 사람이 있으니 이 사람 또한 아주 별난 사람일지도 모른다. 하지만 알고 보면 이 사람은 행운아라고 보아야 한다.

구사일생(九死一生)이란 말이 있다. 죽은 목숨이나 다름없는 상황에서 가까스로 살아남은 사람들을 두고 흔히 구사일생으로 기적이나 다름없는 일이라고 말하곤 한다.

사람 세상에는 별의별 일들이 많이 일어난다. 그야말로 이해할 수 없는 일들이 곳곳에서 나타나는데 오줌 때문에 살아난 사람이 있다면 이 또한 배꼽을 잡고 웃을 일이다. 믿기 어렵겠지만 실제로 캐나다에서는 한 남자가 눈 속에 갇혀 있다가 오줌 때문에 살아난 일이 있었다.

캐나다 북부 지역에 사는 R씨는 일을 위해 어느 날 지방의 한적한 도로를 달리고 있었다. 기후가 워낙 변덕스러운 캐나다에서는 맑았다가도 갑자기 눈이 쌓이는 일이 많은데 그가 차를 타고 나간 후 이틀 동안 연락이 없었다. 하필이면 그가 차를 몰고 간 지방에서는 폭설이 내려 차는 물론이고 사람이 오갈 수 없는 상황이 발생했다. 어른의 가슴 정도의 높이까지 눈이 쌓였던 것이다. 가족들은 물론이고 주변 사람들은 R씨가 눈 속에 파묻혀 동사했을 것이라고 믿었다.

하지만 3일째 되던 날 그는 기적같이 구조됐다. 산속 도로에서 그가 서 있는 모습이 구조대에 발견된 것이다. 기적처럼 살아 돌아온 R씨에게 사람들이 몰려들었다. 그리고 이구동성으로 어떻게 살아남았는가에 대해 물었다. 그러자 그가 한 말은 참으로 놀라웠다.

"눈 속에 차가 파묻혔어요. 시간이 흐르면서 춥고 숨이 막혀왔지요. 그런데 30분 간격으로 오줌이 마려웠습니다. 그러고 보니 수십 번의 소변을 본 것 같아요. 놀라운 것은 소변을 볼 때마다 눈이 조금씩 녹아버리더군요. 제대로 서지도 못한채 소변을 보는 것은 곤혹스러운 일이었지만 눈이 녹아내릴 때마다 살아 돌아갈 수 있다는 희망이 생기더군요."

알고 보니 R씨는 지방으로 가기 전 이틀 동안 캔 맥주를 60여 개나 마셨다고 한다. 그러니 오줌이 수돗물 나오듯 쏟아져 나왔고 그 덕에 살아남은 것이다. 술을 마시지 않은 보통 사람이었다면 이미 죽었을 일이다. 때로는 이처럼 어처구니없는 상황도 발생하며 믿기지 않는 구사일생 스토리도 생겨난다.

그렇다면 눈이 많이 내리는 지역에서는 어딘가를 갈 때 차 안에 캔 맥주를 몇 박스씩 준비해 다니면 좋지 않을까?

가슴이 커서
무죄!!

가슴이 큰 여성은 흔히 '글래머'라고 하는데 예전에는 가슴 큰 것이 마치 '저속한 여자'의 심볼처럼 여겨지곤 했지만 최근에는 달라졌다. 오히려 작은 가슴이 걱정되는 시대다. 오죽하면 가슴 키우는 성형을 하는 이들이 한둘이 아닐 정도로 이제 가슴은 섹시한 여자의 조건이 되어가고 있다.

드레스를 입으면 마치 앞부분이 터질 듯한 풍만한 가슴을 지닌 여인들. 그녀들 중에는 여름만 되면 의도적으로 가슴을 자랑하려는 듯 가슴라인을 강조한 옷을 입고 노출 패션을 즐기기도 하는데 일본에서는 아주 특별한 일이 벌어졌다.

그녀는 탤런트다. 그런데 가슴이 커서 오히려 법정에서 무죄를 선고받는 일이 발생했다. 가슴이 커서 유리한 점이 있다지만 법정에서도 그 덕을 보았다니 화젯거리가 될 수밖에 없는 일이다.

텔런트로 활동해 온 38살의 여성 K씨는 2006년 11월 잘 알고 지내던 남성의 아파트 문 일부를 발로 차 부순 혐의로 구속 기소돼 1심에서 징역 1년 2개월에 집행유예 3년을 선고받았다. 텔런트가 기물 파손 혐의를 받은 것도 창피스러운 일이지만 그것도 여성이 남성의 아파트 기물을 파손시켰다니 이미지가 확 구겨지는 일이 된 것이다.

하지만 도쿄고등법원 재판부는 이런 1심을 깨고 그녀에게 무죄를 선고했다.

재판부는 판결문에서 "피고인이 부서진 문 틈을 비집고 아파트 안으로 들어왔다고 A씨가 증언했지만 현장 재현 실험을 한 결과 가슴 둘레가 101cm인 피고인이 세로 72cm, 가로 24cm인 문 틈을 통과하는 것은 어려운 것으로 나타났다."며 그 이유를 밝힌 것이다.

1심 재판부는 '남자 경찰관이 직접 실험해 본 결과 문 틈을 쉽게 통과할 수 있었다'는 수사 보고서만 믿고 K씨가 문 틈을 통과할 수 있는지에 대해선 실험하지 않았던 것이다.

K씨는 선고 후 기자회견을 통해 행복한 모습을 감추지 못하면서 이렇게 말했다고 한다.

"어릴 때부터 큰 가슴이 싫어서 고민했어요. 그런데 이번에는 큰 가슴 덕분에 구원 받았어요."

가슴이 너무 커서 좁은 공간을 통과하지 못한다는 말은 들어보았어도 큰 가슴 덕에 죄로부터 벗어날 수 있었다는 이같은 사실은 세계적으로도 드문 일이 아닐까 싶다.

얼굴에 대못 박혔는데
치통만 느껴

"말도 안 되는 얘기다. 어떻게 그게 가능하냐구."

아마도 얘기를 들으면 십중팔구는 그렇게 말할 것이다. 미국 콜로라도의 한 휴양지에서 공사장 인부로 일하던 패트릭 롤러. 당시 23살이었던 이 젊은이는 자동으로 못을 박는 장비로 발사 시험을 하던 중 자신의 얼굴에 못을 발사하고 말았다.

그런데 더욱 놀라운 사실은 자신이 작동시킨 장비에서 못이 날아가 박힌 것을 자신이 알지 못했던 것이다. 얼마나 일에 빠져 있었으면 자신의 머리에 못이 박히는 것을 알지 못했을까. 이해가 잘 되지 않는 일이다. 하지만 그것은 사실이었다. 당사자인 패트릭 롤러는 원인을 알 수 없는 치통을 느끼면서도 얼음 찜질과 함께 진통제만 복용하며 견뎌보려고 했다. 하지만 일주일이 지나도 증세가 호전되지 않자 아내가 일하는 치과를 찾아 나섰다.

그런데 이게 웬일인가. 치아에 이상이 없다는 사실을 확인한 후 다시 머리 엑스레이 사진을 촬영했다. 그 결과 큼지막한 못이 찍혀 나오는 것이 아닌가. 롤러는 4시간 동안 수술을 받은 끝에 10cm나 되는 못을 제거할 수 있었다. 못이 조금만 더 깊이 박혔으면 생명에 지장을 줬거나 눈을 실명할 수 있었다고 수술을 담당한 병원 측은 밝혔다.

이러한 위험한 상황에도 불구하고 롤러는 통증을 완화시키기 위해 아이스크림을 먹기도 했다고 한다.

대못은 아니지만 머리에 이물질이 박힌재로 수십 년을 살다가 뒤늦게 제거한 일은 독일에서도 있었다. 베를린에 거주하는 한 50대 여성은 4살 때 머리에 박혔던 8cm의 연필을 55년 만에 제거해 사람들을 놀라게 했다. 마르그레트 베그너라는 이름의 이 여성은 머리에 연필이 박힌 것을 까마득히 모른채 수십 년 동안 두통을 앓아 온 것으로 전해졌는데 가끔 이유를 알 수 없는 코피도 흘렸다고 한다.

베그너는 55년 만에야 베를린의 한 병원을 찾아 연필이 머리에 박혀 있는 것을 발견해 냈다. 뺨을 뚫고 머리에 들어간 연필은 뇌 근처까지 도달한 것으로 확인됐다. 병원 측은 2시간여의 수술을 통해 연필 제거에 나섰으나 너무 깊숙이 박혀 있는 2cm 가량은 남겨둘 수밖에 없었다고 한다.

다행히 남아 있는 연필 조각은 베그너에게 또 다른 통증은 전해 주지 않을 것으로 진단됐다. 머리는 우리의 신체 부위 중에서도 아주 중요한 곳이다. 자칫하여 뇌가 손상되면 모든 기능이 떨어지거나 마비 증세가 오게 된다. 그런데도 불구하고 머리에 이물질이 박힌채로 살았다는 것은 참으로 무지한 일이기도 하고 오랜 세월을 그렇게 보냈다는 것이 신기하기만 할 뿐이다.

얼굴 두 개 가진
송아지

　환경은 갈수록 피폐해지고 있다. 인간의 욕심에 의해 환경은 갈수록 파괴되고 이에 따라 예측 불허의 끔찍하거나 놀라운 일들이 벌어지고 있다. 그중 하나가 기형아 출산의 증가다. 과거에 비해 갈수록 기형아가 많이 태어나고 있다. 환경 문제가 가장 큰 원인이라는 데 이의를 제기할 사람이 없다. 그러나 더 큰 문제는 최근 들어서 사람은 물론이고 각종 동물과 어류에서도 기형이거나 변이된 형태의 것들이 무수히 나타나고 있어 사람들로 하여금 경악을 금치 못하게 한다. 물론 이 모든 것이 인간이 현대화의 명목으로 저지른 실수라는 것이다.

　지난 2006년 말 미국 버지니아 주의 한 농장에서는 얼굴이 두 개인 송아지가 태어났다. 송아지의 두 얼굴은 서로 붙어 있었으며 코와 턱, 입이 각각 두 개였고, 눈은 네 개를 갖고 있었다. 두 개의 혀가 각각 따로 움직이며 두 개의 우유병을 빠는 모

습을 연출하기도 했지만, 먹는 것은 그리 신통치 않았다.

이 송아지를 검사한 전문가는 "이 송아지가 유전인지 발달 장애인지 모를 기형을 갖고 있다."며 "뇌 발달에 문제가 있는 것이 확실한 만큼 오래 살 수 없을 것이다."고 진단했다.

송아지는 한때 주인의 극진한 보살핌을 받으며 건강히 자라는 듯했다. 언론 보도로 송아지를 접한 많은 사람들이 송아지에게 응원을 보내기도 했다. 송아지의 주인 그렉 햄스트라도 송아지를 연구용으로 기증할 생각을 접고 열심히 최선을 다해 키워 보기로 했다. 송아지는 이러한 성원 덕분인지 몸무게가 80파운드가 넘게 자랐다.

하지만 안타깝게도 끝내는 합병증으로 고통을 받는 신세가 되고 말았다. 결국 주인 햄스트라는 송아지를 안락사시키는 데 동의했다. 햄스트라는 죽은 송아지를 박물관에 보내 전시하도록 했다.

이 세상 살아 숨쉬는 모든 생명체는 저마다 각각 소중하다. 하지만 인간의 욕심은 자연의 불균형을 초래하고 생태계를 교란시키고 있다. 자연에 감사하는 마음으로 환경을 보호하고 실천하는 데 보다 적극적이지 않으면 우리 인류 사회에는 또 어떤 재앙이 발생할지도 모를 일이다. 이 점에 대해 반성하지 않으면 안 될 것이다.

Surprise

엽기 만발 미스터리!

'절대'가 통하지 않고, '상식'을 뛰어넘는 미스터리 세상!!

우리가 미저 깨닫지 못하고 있는 동안에도 지구상에는 상상을 초월하고 엽기적이라
고 할 만한 신기한 일들이 일어나고 있다. 상식을 뛰어넘고, UFO라고 믿을 수밖에
없는 초과학적인 미스터리들을 보면서 그 기발하고 비범한 일들을 통해 우리는 한바
탕 삶을 즐겁게 비틀어 볼 수 있는 청량제 같은 시간을 갖게 된다.

새로운 직업을 꿈꾸는 나무 인간

사람은 분명 사람이다. 그런데 그의 손과 발은 사람의 손발이 아니다. 그렇다고 털이 많이 나거나 기형인 것도 아니다. 이건 완전히 나무 뿌리나 다름없다. 나무 뿌리처럼 자라난 발가락과 손가락 때문에 그는 아무 일도 할 수 없는 지경에 이르렀다. 마치 옛날 이야기 중 하나처럼 들린다. 하지만 이 또한 실제 존재하는 일이다.

일명 '나무 인간'으로 불리던 인도네시아의 어부 디디(Dede)에게 일어난 일이다. 그는 희귀한 피부병으로 손, 발이 '나무 뿌리'처럼 변했다. 주인공은 인도네시아 자카르타 인근 작은 마을에 살고 있는 32살 어부 디디(Dede). 15살 때 상처를 입은 후 피부가 나무 뿌리와 같이 변해갔다. 그후 실제로 손가락, 발가락이 나무처럼 한 해 5cm 정도씩 자라 무거워서 끌고 다니기 힘들 정도가 되었다. 말하고 생각하는 인간인데도 불구하고 어느 날부터인가 이렇게 나무 인간으로 되자 참으로 답답한 일이 아닐 수 없었다. 게다가 디디의 첫 번째 아내는 그와 두 아들을 감당하지 못한채 10년 전 집을 떠났다.

그는 바로 가눌 수 없을 정도로 증상이 심각함에도 불구하고 여전히 가족의 생계를 위해 어부로 일하고 있다. 이같은 안타까운 사실이 방송을 타고 세계에 알려지자 그를 도우려는 사람이 나타났다.

미국 메릴랜드대학교 앤서니 가스페리(Anthony Gaspari) 박사는 디디를 방문해 직접 진료한 뒤 '인유두종 바이러스(HPV)에 의한 피부 질환'이라는 사실을 밝혀냈다. 그의 손과 발을 감싼 것은 바이러스에 감염되어 생긴 사마귀의 일종이라는 것이다.

그가 앓고 있는 인유두종 바이러스(HPV)에 의한 피부질환은 전 세계에서 200여 명 밖에 발견되지 않은 희귀병. 그후 그는 두 차례 수술을 통해 얼굴과 손발을 덮고 있던 사마귀 1.8kg 정도를 제거했다. 그 결과 디디는 혼자서 볼펜을 집거나 전화기 버튼을 누를 수 있을 정도가 되었으며, 이제는 발가락의 윤곽이 드러나고 큰 통증 없이도 걸을 수 있게 됐다고 한다. 하지만 디디는 두 차례 더 수술을 받을 예정이라고 한다.

치료가 끝나고나면 디디는 가장 먼저 새로운 직업을 찾고 싶다고 한다. 하지만 절망 속에서 새로운 삶을 되찾은 아들을 본 그의 아버지는 직업을 갖는 것도 좋지만 아들의 결혼하는 모습이 먼저 보고 싶다고 밝혔다.

병은 소문을 내라는 말이 있다. 디디의 경우 희귀병을 외부에 알리지 않고 혼자서만 끌어안고 살았다면 이처럼 다시 태어나 새로운 직업을 꿈꾸게 되는 일도 없었을 것이다. 하지만 방송의 위력은 여전히 대단했던 것이다. 영국의 BBC는 그에게 엄청난 행운을 안겨 준 셈이다.

이거
교도소 맞아?

    대부분의 사람들은 흔히 교도소 하면 삭막하고 어두운 분위기를 연상케 된다. 실제로 많은 교도소들이 철조망이나 높은 시멘트 벽 같은 구조물들로 담을 만들고 외부와 엄격히 차단되어 있는가 하면 건물 자체도 무겁고 우울한 느낌 먼저 드는 콘크리트 건물인 경우가 허다하다. 시대가 변함에 따라 인권 존중의 의식이 확산되면서 교도소 내부에서는 많은 변화가 일어나고 있지만 어찌 되었든간에 '교도소'를 떠올리는 보통 사람들의 생각에는 교도소란 '끔찍한 곳' 쯤으로 각인되어 있다.

    하지만 오스트리아의 한 교도소는 탈옥은커녕 더 오래도록 있고 싶어지는 마음이 생기는 곳으로 소개되어 눈길을 모으고 있다.

    오스트리아의 교도소는 일단 외형부터 다르다. 아무리 보아도 호텔이나 아니면 쇼핑센터 같다. 건물이 온통 유리로 되어 있어 반짝반짝 빛을 내는데다 예술적인 디자인 감각까지 느껴지는 곳이다. 마치 요즘 들어 늘어나고 있는 럭셔리한 주상 복합건물 같기도 하다.

오스트리아에 가면 이 건물을 만날 수 있는데 무엇보다도 놀라움을 금치 못하는 것은 이 럭셔리한 건물이 교도소라는 사실이다. 처음에는 아름다운 현대식 건물로 여기다가 이곳이 교도소라는 소리를 듣는 순간 보는 이들은 놀라움을 금치 못한다.

이색적인 사실은 처음부터 이 건물은 교도소 용도로 지어졌다는 것이다. 또 이 교도소는 독특한 교화 프로그램과 편리한 내부 시설을 갖추고 있다. 마치 고객 만족을 위한 서비스를 실천하는 호텔처럼 말이다. 무엇보다도 가장 큰 특징은 사방이 탁 트여 있다. 이는 수감된 죄수들에게 자신이 고립되어 있지 않다는 생각을 하도록 하기 위해서다. 또 탁 트인 유리로 밖의 세상이 한눈에 보여 교도소에서 교화 프로그램을 마치면 사회로 돌아갈 수 있다는 희망과 삶의 의지를 강화시켜 주는, 이를테면 죄수들의 정신적 안정에도 신경을 쓴 것이다.

이뿐만이 아니다.

이곳 죄수들의 방은 독실로, 실내에는 TV와 푸근해 보이는 핑크빛 소파 등이 구비되어 있다. 그리고 우리나라에서도 이미 유사하게 시행하고 있는 프로그램이지만 죄수들이 수감 기간 동안 인성을 다지고 다시 직업을 가져 복역을 마친 후 범죄를 하지 않고도 살아갈 수 있도록 인근 기업들과의 연계도 이어

주고 있는 프로그램을 진행 중이다.

그렇다면 오스트리아는 왜 이토록 교도소를 럭셔리한 호텔이나 연수원처럼 운영하는 것일까.

그 이유를 알아보면 이런 방식의 교도소 운영도 참 좋은 게 아닐까 싶다. 물론 범죄자 수가 적어 한두 곳만 운영해도 되는 나라라면 그렇다.

일반적으로 범죄자들은 탈옥 후 재범 확률이 높은 편이다. 하지만 이 교도소에서 출옥한 사람들 중 거의 절반 이상이 다시 범죄를 저지르지 않고 사회에 잘 적응하며 살아간다고 한다. 이는 미국의 죄수들과 비교할 때 오스트리아의 이 교도소 출옥자들의 사회 적응 성공률이 실제로 매우 높은 편이란다. 교도소는 죄수들에게 벌을 주고 죄값을 치르게 하는 의미보다는 교화시켜 새로운 마음과 자세로 사회에 복귀하도록 하는 데 의의가 있는 것이다.

그렇다면 이같은 방식의 교도소 운영은 매우 바람직한 것이 아닐까 싶다. 그만큼 국가에서 감당해야 할 경비만 충분하다면 말이다.

죽어서도 또 사람을 해친 히틀러

세계적으로 악명 높은 히틀러는 죽은 후 오랜 시간이 흘렀지만 시시때때로 매스컴의 주인공이 되고 있다. 2008년 6월에는 개관을 앞둔 세계적인 밀랍 인형 박물관 '베를린 마담투소 박물관'에 아돌프 히틀러의 밀랍 인형 전시를 앞두고 독일이 떠들썩했다.

히틀러의 밀랍 인형 전시에 반대하는 사람들은 이 박물관은 오락적인 요소가 많은 전시 공간으로, 아이들도 많이 오는 곳이기 때문에 독재자로 악명 높은 히틀러 인형을 전시하는 건 옳지 않다는 입장을 제기했다. 또 그들은 유대인을 학살한 사람을 마치 선한 업적을 남긴 유명인처럼 전시해선 안 된다고 주장하면서 아직 정신적으로 성숙하지 않은 어린아이들은 무비판적 수용자이므로 문제가 된다는 쪽이다.

그러나 이미 전시를 기획한 박물관측이 쉽게 물러설 리가 없다. 박물관측은 히틀러도 독일 역사의 일부이기 때문에 전시할 가치가 있다는 쪽에 무게를 두면서 단 히틀러의 밀랍 인형은 어두운 지하 벙커 속에 망가진 모습으로 전시될 것이라고 밝혔다.

이쯤 되고 보면 돈이면 무엇이든 되는 황금 만능주의의 현 사회에서는 악명 높은 히틀러가 상품으로서의 가치를 발휘하는 게 아닐까 싶다.

이런 히틀러와 관련해서 세상에 널리 알려지지 않은 이야기가 있다. 다름 아닌 히틀러가 입었던 옷에 존재하는 악령이 그것이다.

과거 오래 전에 러시아의 모스크바 중앙박물관에는 히틀러의 외투가 전시되어 있었다. 적어도 그 외투가 히틀러의 것이 아니었다면 그것은 낡고 오래 되어 아주 보잘것없는 물건에 불과했다. 그러나 역사에 기록되어 수십 년이 지난 오늘날에도 그 악명이 전해질 정도니 그 외투에 호기심을 갖고 보러 오는 이들이 수없이 많았을 일이다.

그런데 이 일을 어쩌하면 좋단 말인가. 히틀러의 옷을 보면서 손가락질을 하며 비난하는 사람들이 수없이 많았지만 장난기 많은 사람들은 그 옷을 입고 히틀러의 흉내를 내는 일도 일어났다. 문제는 그 옷을 입고 히틀러가 살아생전 취하던 자세를 흉내내던 한 사람이 그 자리에서 쓰러져 사망에 이른 것이다. 많은 이들이 그 광경을 목격한 만큼 그때부터 히틀러의 옷은 예사롭지 않게 보이기 시작했다.

그러자 얼마 후 또 다른 관람객이 히틀러의 옷을 입은 후 그역시 마치 기절하듯 죽었다. 그때부터 적지 않은 사람들이 히틀러의 옷을 보기조차 꺼려 했으나 사람들 취향은 제각각인지라 히틀러의 옷을 입는 사람들은 지속적으로 생겨났고 그럴 때마다 그 당사자들은 이유 없는 죽음을 맞이해야 했다. 악명 높았던 독재자의 옷을 입은 것만으로 죽는다는 사실은 참으로 이해하기 어려운 일이었다. 하지만 그것은 실제로 일어났고 무려 30여 명이 넘는 사람들이 히틀러의 옷으로 인해 이슬처럼 세상을 떠났다. 어떤 사람은 히틀러의 옷을 입은 후 며칠이 지나 그 혼령의 괴롭힘에 의해 죽기도 했고, 또 어떤 이들은 정신이 상자가 되어 길거리를 방황하다 죽기도 했다고 한다.

그야말로 심각한 일들이 꼬리를 물고 나타나자 박물관측은 대중들로부터 질타를 받기에 이르렀고, 히틀러의 옷은 '저주의 옷', '죽음의 옷'으로 불리게 되었다. 이쯤 되자 박물관측은 히틀러의 옷을 한 연구소에 맡겨 분석을 의뢰했다.

알 수 없는 일이다. 대체 사람의 옷에 무슨 귀신이 붙었길래 그 옷을 입으면 죽는단 말인가. 히틀러는 자신이 죽은 후에도 또 그렇게 많은 사람들을 죽이고 싶었던 걸까. 히틀러의 악령이야말로 참으로 무서운 영혼인 것이다.

비석이
땀을 흘리다니

"글쎄 말여. 6 · 25 동란 때는 전쟁이 일어나기 25일 전부터 3말 8되나 흘렸다던데."

"에이, 이 사람아. 무슨 비석이 땀을 흘린다고 그려. 거짓말도 참."

"아, 사실이라니까. 마을 사람들 한두 명이 본 것도 아닌데……."

"살다 살다 별 이상한 얘기를 다 듣는구면. 나는 못 믿겠네."

"이 사람이 정말. 믿기지 않으면 직접 그곳에 가 보라구."

영화 속 시나리오가 아니다. 실제 이야기다. 그것도 대한민국에서 일어나고 있는 일이다. '땀 흘리는 비석'은 경상남도 밀양시 무안면 무안리에 있는 조선시대의 비석 '표충비(表忠碑)'에 얽힌 실화다.

표충비는 경남유형문화재 제15호로 조선시대에 세운 비석이다. 임진왜란 당시 승병을 이끌어 왜병을 크게 무찌르고 일본에 전쟁 포로로 끌려간 조선인 3천 명을 환국시킨 유정(사명대사) 스님의 높은 뜻을 기리기 위해 옛 표충사 터에 높이 약 4m, 너비 약 1m, 두께 54.5cm로 세운 석비다. 일명 '사명대사비'라고도 불리는 이 비석이 세상에 널리 알려지게 된 것은 특별한 이유가 있었다.

놀랍게도 이 비석은 국가적으로 큰 사건이 있을 때를 전후하여 비석면에 땀방울이 맺힌다. 특히 비석의 네 면에서 나오는 물기는 마치 한여름 논밭에서 일하는 농부의 이마에 흐르는 구슬땀처럼 몇 시간씩 계속해서 흐르다가 멈추기도 한다는 것이다. 게다가 더욱 이상한 것은 글자의 획 안이나 머릿돌, 조대에서는 물기가 전혀 비치지 않는다고 한다.

더욱 놀라운 사실은 이 비석이 아무 때나 땀을 흘리는 게 아니라는 사실이다. 군지(郡誌)에 기록된 표충비의 땀 기록은 경술합방, 기미독립만세운동, 8·15 해방, 6·25 동란, 4·19 학생의거, 5·16 혁명 등 총 여섯 차례. 그 중에서도 가장 많은 땀을 흘린 때는 3·1독립운동 만세사건 때와 5·16 혁명 당시다. 기미독립운동 때는 무려 19일간에 걸쳐 5말 7되를 흘렸으며, 5·16 혁명 때는 5일간 5말 7되를 흘렸다고 한다. 군지에 기록되어 있을 정도니 이 사실을 거짓말이나 헛소문으로 볼 수는 없는 일이다.

이뿐만이 아니다. 공식적인 기록은 없으나 국민들로부터 추앙받던 고 육영수 여사가 입적한 다음 날도 이 비석은 땀을 흘렸다고 한다.

이처럼 국가적으로 중대사가 있을 때마다 땀을 흘리니 마을 사람들로서는 이 비석을 예사롭게 볼 수 없었던 것이다. 때문에 마을 사람들은 비석의 영험을 받아들이고 있으며, 관광 시즌이 되면 이 비석을 보려고 몰려오는 사람들이 수없이 많다고 한다.

어떤 이들은 이같은 비석의 신기함을 과학적으로, 이를 테면 기후 · 습도 등을 운운하려고 하지만 마을사람들은 다르다. 1962년에 장마 때에는 보리가 썩어 나갈 정도로 습도가 높았던 날이 많았는데도 이 비석엔 습기 하나 생기지 않았다는 것이다. 따라서 밀양 사람들은 나라와 겨레를 존중하고 근심하는 사명대사의 영검이라 여기고 있다. 사명대사의 충혼이 서리지 않고는 일어날 수 없는 불가사의한 일이라는 것이다.

국가적으로 큰 일이 벌어질 때마다 많은 양의 땀을 흘렸다는 것은 이 비석을 과학적으로만 분석해서는 안 될 일인 듯싶다. 모든 사물에 영적인 기운이 있다는 것을 마냥 무시만 할 일은 아니다. 우리나라가 아닌 다른 곳에서도 과학적으로 입증이 불가능한 놀라운 일들은 한두 가지가 아니니까.

부인이 80명인
남자

　요즘 세상이 어떤 세상인데 한 남자가 여러 여자를 거느리고 살 수 있겠는가? 남성 중심주의 문화가 깊이 뿌리박힌 우리나라의 경우 예전처럼 첩을 두고 사는 사람은 거의 드물다. 몰래 바람을 피울 수는 있어도 새로운 여자와 살림을 차린다면 당장 이혼당하는 것은 물론이고, 자녀 양육 및 위자료 등으로 큰 부자가 아닌 이상 알거지가 되기 십상이다. 우리나라가 이 정도면 가장 서구적인 문화가 판치는 미국이라면 더 이상 말할 나위도 없다.

　그런데 참으로 놀라운 것은 미국에서 일부다처제를 주장하는 사람들이 있으며, 실제로 한 남자가 수많은 여자를 거느리며 살았다는 것이다. 이는 최근의 일이며 미국 내 어디선가 또 누군가가 분명 여러 여자를 거느리며 살고 있지만 외부에 드러나지 않고 있을 것으로 추측된다. 이미 경악할 만한 사건이 세상에 드러났기 때문이다.

올들어 텍사스 경찰은 일부다처제 종교 집단에서 모두 463 명의 미성년자를 구출했으며, 이중 416명이 소녀들이었다고 한다. 2008년 6월 현재 이들 미성년자에 대한 양육권 재판이 진행 중이며, 이미 200여 명은 양부모 가정에 임시 위탁돼 있다. 하지만 차마 그냥 넘어갈 수 없는 사실 한 가지는 미국 텍사스 주 아동보호국이 샌 안토니오 법정 양육권 심리에서 14살에서 17살까지의 소녀 53명 중 31명이 이미 아이를 낳았거나 현재 임신 중이라고 밝혔다는 것이다

대체 소녀들에게 이같은 일을 저지른 사람은 누구일까.

올들어 경찰에 의해 발각된 이들은 일부다처제 종교 집단 농장에 모여 살았다. 이 건물은 일부다처를 주장하며 수십 명의 부인을 두었다가 미성년자 성폭행 등의 혐의로 붙잡혀 복역 중인 교주 워렌 제프스가 지은 것이라고 한다. 그는 지난 2006년에 체포돼 현재 10년 징역형을 살고 있는 중이다.

LDS의 교주는 워렌 제프스를 추종하는 세력은 약 1만여 명으로 미국 유타 주와 애리조나 주, 텍사스 주 등에 집단 거주하는 것으로 알려졌다. 제프스는 FLDS를 이끌던 자신의 아버지가 2002년 98살의 나이로 사망하자 대를 이어 지도자가 됐으며, 실제로 그는 80명의 아내와 200여 명의 자녀를 둔 것으로 알려졌다. 또 그는 소녀들과 성인 남성의 결혼을 주선한 혐의와 강간 사건의 공범 혐의 등으로 FBI의 '10대 수배자'에 이름

이 오르기까지 했다.

미국은 이미 124년 전인 1884년 의회에서 일부다처제를 금하는 법률을 통과시켰다. 일부다처를 인정하고 제한적으로 실시했던 모르몬교도 1890년부터는 일부다처제의 중단을 선언했다.

그런데도 불구하고 정치적, 경제적으로 세계 최고를 자랑하는 미국에서 이같은 일이 21세기에 버젓이 일어나고 있다는 것은 참으로 놀라운 일이 아닐 수 없다. 더욱이 이는 천재지변이 아닌 일이기에 미국 정부의 행정이나 인권 관리에도 큰 누수가 있음을 드러내는 일이다.

현재 미국에서 일부다처제를 옹호하는 사람들은 유타 주와 애리조나 주 등 서부 지역에 밀집되어 있다고 한다.

그렇다면 그들은 왜 그토록 일부다처제를 신봉하는 걸까. 결정적인 이유는 아내를 많이 두고 자녀를 많이 낳을수록 천국의 가장 높은 단계에 다다를 수 있다고 믿기 때문이다.

한편, 1967년 미국의 인류학자 조지 머독(Murdock)은 세계 849개 사회를 대상으로 조사한 결과 83.5%(708개)가 일부다처제를 시행하고 있는 것으로 나타났다. 특히 이슬람 국가와 아프리카, 오세아니아, 아시아 일부 지역에 일부다처제가 많이 남아 있는 것으로 밝혀졌다. 하지만 현대 문명의 급속한 진전에 따라 사회와 문화에 변화가 일면서 일부다처제는 점점 줄어드는 추세다. 이집트의 경우만 해도 지난 50년간 4명의 아내를

둔 남성이 95% 줄어드는 등 일부다처제가 점차 사라지고 있다
고 한다.

아들을 벙어리로
만들어 버린 엄마

　인간은 환경에 영향을 받는다. 만물의 영장이라고는 하지만 어떤 환경에 처해 있느냐에 따라서 때로는 최악의 결과를 초래할 수도 있다. 이 때문에 자녀들을 교육시킬 때는 좋은 환경에서 가르치려고 하는 게 부모들의 마음이다. 이미 동양에서도 자식을 위해 이사를 몇번씩이나 다녔던 맹자 어머니의 교훈[孟母三遷之敎]이 있지 않은가.

　이처럼 자식을 위한 부모의 마음이 애틋한데도 불구하고 러시아에서는 자신의 아들을 새장에 가두어 놓고 키운 비난을 받아 마땅한 엄마가 있어 구설수가 되고 있다.

　최근 러시아에서 언어로 말하지 않고 마치 새처럼 지저귀는 울음소리를 내는 일명 '새 소년(bird boy)'이 알려지면서 국민들에게 충격을 안겨 주었다. 일곱 살 된 이 소년은 러시아 볼가(Volga) 강 부근 볼고그라트(Volgograd) 키로프스키(Kirovsky)

의 한 아파트에서 발견되었는데 구조될 당시 소년은 큰 새장으로 보이는 듯한 상자 안에 있었다고 한다. 그 상자 옆에는 12마리의 새들로 가득 찬 새장들이 있었다.

소년을 구조한 사회복지사는 "누군가 소년에게 말을 걸으면 아이는 새 울음소리를 낼 뿐이다. 새들이 날개짓을 하는 것과 비슷한 방식으로 손을 휘젓기도 한다. 사람과의 접촉이 없이 오로지 새들과 함께 살아왔기 때문인 것 같다."고 말했다.

소년을 구조하면서 곧장 그 소년의 어머니도 경찰에 끌려가 조사를 받았는데 그녀는 자신에 의해 애완동물처럼 양육되었고 그러는 과정에서 오직 낼 수 있는 소리는 새처럼 지저귀는 아이가 되었다고 한다. 그녀는 자식을 물리적으로 학대하거나 굶주리게 하지는 않았으나 아이와 말로 의사소통한 적이 없으며 오로지 새들과 대화를 하듯 했다는 것이다.

러시아 당국은 소년은 그의 엄마에 의해 '모글리 신드롬(Mowgli syndrome)'의 영향을 받은 것이라고 결론지었다. 소년은 곧 치료를 위해 심리센터로 보내졌고 소년의 엄마는 양육권을 포기했다.

모글리 신드롬이란 애니메이션 정글북의 주인공 모글리처럼 인간과의 소통이 되지 않는 것이 특징이다.

소년이 이렇게 된 데는 물론 전적으로 엄마의 영향 때문인데 그녀는 정신적으로 비정상적인 것임에 틀림이 없다. 자식을 마치 애완동물처럼 여긴 것이며 자식을 새처럼 만들려고 했으니

말이다.

　여성은 모성애가 강해 남성에 비해 오히려 자식 사랑이 더 큰 것이 동서양을 막론하고 같은 공통점인데 소년의 어머니는 도대체 어떤 생각으로 이같은 무서운 일을 저지른 것인지 참으로 안타까운 일이 아닐 수 없다.

　아이가 무슨 죄가 있길래?

쌍둥이만 낳는
한우

　어미 암소는 한 해에 한 마리의 새끼를 낳는다. 임신 기간이 거의 사람과 비슷하기 때문이다. 한우의 경우 임신 기간은 283일이고, 젖소 홀스타인종은 279일이다. 그러니 쌍둥이가 아닌 이상 한 해에 두 마리의 새끼는 절대 얻을 수 없다. 그런데 소가 쌍둥이를 낳기란 사람이 쌍둥이를 낳는 것만큼이나 흔한 일이 아니다. 또 쌍둥이를 한 번 낳았다 할지라도 지속적으로 쌍둥이를 낳는 소는 드물다. 게다가 소의 경우 사람과는 달리 쌍둥이를 낳으면 어느 한 마리는 병약하여 태어난 후 몇 개월 이내에 죽는 경우도 있다. 건강한 쌍둥이를 낳으면 그거야말로 집안의 경사지만 그렇지 않은 경우라면 오히려 소 주인은 마음만 아픈 일이 된다.

　그런데 아주 놀라운 일이 발생했다.

　한 축산 농가에서 8년생 한우가 6회 연속으로 쌍둥이 송아지를 낳은 것이다. 이 소는 앞으로 몇 번 더 쌍둥이를 낳을 것이라고 한다. 소 주인으로서는 그야말로 춤을 추어도 시원찮을 만큼 즐거운 일이 아닐까? 하지만 더욱 놀랄 수밖에 없는 사실 하나는 이 소가 한우이고 국내에서 일어나고 있는 일이라는 점이다.

화제의 쌍둥이만 낳은 한우는 강원도 철원군 서면 와수리에서 한우를 사육하는 신 모 씨가 키우는 한우로, 올들어 6번째 쌍둥이 암송아지를 낳았다. 이 한우는 신 씨가 2천년도에 구입한 소로 2002년 첫 쌍둥이 송아지를 낳는 것을 시작으로 7년 동안 무려 6쌍의 송아지를 출산했다.

세계적으로도 드문 이 한우의 비밀은 무엇일까? 주인이 워낙 심성이 곱고 성실한 사람이어서 하느님이 선물로 보낸 것일까?

호랑이 담배 피우던 옛날이야기가 아닌 이상 분명 이유는 있는 법. 이 한우가 쌍둥이를 연달아 출산하는 것은 난자가 1개 만들어지는 일반 소와 달리 이 암소에게는 2개가 동시에 생성돼 수정으로 이어지기 때문이라고 한다.

이 복덩어리 한우는 '쌍둥이 엄마'로 통한다. 신 씨 집에서는 그야말로 보물단지나 다름없으며 주변 사람들로부터도 유명 인사가 돼 버린 한우. 그녀가 쌍둥이를 낳을 때마다 그녀는 축산 농가들로부터 부러움의 대상이 되고 있다.

송아지 한 마리의 가격은 보통 3백만 원 선인데 최근 들어서는 떨어져 2백만 원대라고 한다. 농가에서 2백만 원이 넘는 돈이 저절로 굴러들어온다면 이보다 더 좋은 일이 어디 있겠는가? 게다가 최근 들어 사료 값은 폭등하고 한우 값은 떨어지는 게 우리 농촌 현실이다. 그러니 쌍둥이 엄마는 신 씨에게 있어서 더할 나위 없이 충성스럽고 사랑하는 효자인 셈이다.

사망 진단 후 부검 중
환생한 남자

구사일생(九死一生)이 아니라 실제로 죽었다가 다시 살아나는 사람들이 종종 있다. 이같은 일은 현대 의학으로도 속 시원히 밝혀지지 않는 미스터리다.

어떤 사람은 죽어서 저승사자에 끌려 어디론가 갔는데 누군가가 "당신은 더 있다가 오시오."라는 말을 들은 후 죽은 시체에서 다시 살아 있는 몸으로 돌아왔다고 하기도 하며 어떤 이는 장례식을 치르기 위해 무덤을 파고 관을 넣으려는 순간 벌떡 일어나기도 했다는 소문이 있다. 죽었다 다시 살아난 사람들의 이야기는 제각각 다르면서도 의문 내지는 묘한 호기심을 자극한다.

베네수엘라에서는 교통사고를 당해 사망 통보를 받은 한 30대 남자가 부검 도중 깨어나 실제 죽음(?)을 면하는 일이 발생했다.

죽었다 살아난 그야말로 최고의 운좋은 사람은 33살의 까를

로스 카메호. 그는 베네수엘라 북부의 한 간선도로에서 교통사고를 당했다. 사고 당시 그는 영락없이 즉사한 상태였으며 곧장 인근 병원의 영안실로 옮겨졌다.

사망 원인을 정확히 밝혀내기 위해 부검을 진행할 때였다. 죽은 그의 몸에 칼을 대자 뜨거운 피가 흐르는 것이 아닌가? 이미 죽은 상태였다면 피가 흐르지 않을 것이었다. 깜짝 놀란 검시의는 얼른 상처를 봉합하는 한편, 소생을 위한 응급 조치를 했다. 그리고 그는 다시 살아났다.

이를 지켜본 사람들은 하나같이 고개를 흔들었다. 숨을 쉬지도 못하고 죽은 상태였던 사람이 다시 살아나다니 이것은 귀신이 곡할 일이 아니고 뭐겠는가.

카메호의 환생에 진짜 놀란 사람은 그의 아내였다. 남편이 죽었다는 소식을 듣고 병원으로 달려온 부인은 다행히 살아 있는 카메호를 만나자 이게 꿈인지 현실인지 분간이 안 되어 자신의 살을 꼬집어 보고 남편의 얼굴도 꼬집었다고 한다.

그런데 재미있는 일은 카메호의 말이다. 죽었다 살아난 사람들은 특별한 얘기를 하곤 하는데 그는 "통증이 너무나 심해 깨어났다."고 말한 것으로 전해진다. 부검을 위해 칼을 댄 것이 통증을 주었는지, 상처를 봉합하는 것이 고통을 가했는지는 알 수 없는 일이지만 그에게는 고통이 다행일 수밖에 없는 일이었다.

그 후 언론에 나와 당시의 상황을 이야기한 카메호는 죽었다

깨어난 사실을 인정하고자 부검 의뢰서를 직접 들고 나왔다. 누구나 한 번은 죽는다. 하지만 이미 한 번 죽었다 다시 살아난 카메호. 그는 다시 죽는 날까지 남보다 몇배 행복을 느끼며 살아갈 것이다.

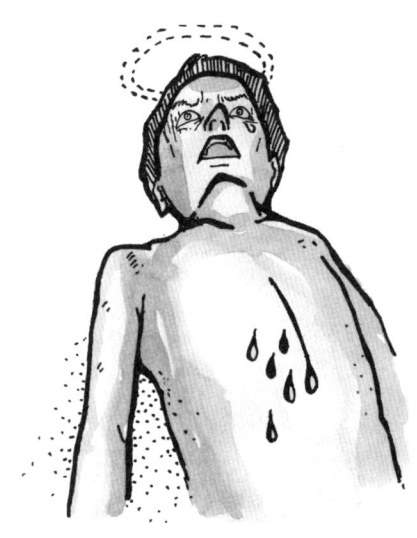

82살 신부와 24살 신랑

사랑에는 국경이 없다고 하지만, 또 한 가지 나이 차이도 문제가 되지 않는다. 엄마 같은 아내, 아버지 같은 남편, 막내 동생이나 조카 같은 남편, 딸 같은 아내 등등 남들이 한눈에 봐도 나이 차이가 크다는 것을 알아차릴 만큼 부부의 나이 차이가 많은 경우는 흔한 얘기다. 그런데 할머니와 손자뻘 되는 두 사람이 결혼을 했다면 이는 좀 특별한 일이 아닌가. 신랑과 신부의 나이 차이가 58살이 나니 놀라지 않을 사람이 없다. 만일 대한민국에서 이런 일이 일어난다면 우리 문화에는 너무도 어울리지 않는 일인지라 지탄을 받을지도 모른다. 그런데 아르헨티나에서는 이같은 일이 실제로 일어났다. 대체 두 사람은 서로를 얼마나 사랑한 건지?

아르헨티나 북부의 산타페 지역에서는 이색 결혼식이 진행됐다. 결혼식장에는 82살의 할머니와 24살의 젊은이가 나란히

섰다. 손자와 할머니라고 해야 좋을 사이인 이들 두 사람은 이 날 결혼식의 당사자였다. 여느 결혼식처럼 식이 진행되고, 이들은 달콤한 키스와 함께 정식으로 부부가 됐다.

이들이 만나 결혼하게 되기까지는 '우연히 정든 사이'라는 말이 잘 어울린다. 신부가 된 할머니는 신랑 어머니의 친구였다. 신랑 어머니가 9년 전 세상을 떠나고 이 할머니가 당시 15살이었던 친구 아들을 맡아 기르면서 두 사람에게 새로운 운명이 정해졌다. 신랑의 어머니가 죽기 전 아들에게 할머니의 집에 가서 살도록 했던 것이다.

하지만 이쯤 되면 우리네 정서로는 잘 키워서 결혼시키는 것이 당연한 도리쯤으로 여겨지나 이 두 사람은 달랐다. 친구의 아들은 커가면서 자신을 키워 준 어머니 같은 사람에게 이성적인 사랑을 느끼게 되었고, 할머니 또한 모정을 뛰어넘어 애정으로 변한 것이다.

그러나 이들의 특별한 사랑과 결혼은 오래 가지 못했다. 결혼식 후 두 사람은 브라질로 신혼여행을 떠나기도 했다. 하지만 나이차를 논하기 전에 삶을 영위하기도 벅찬 나이였을까?

할머니는 결혼식이 있은 지 20여 일 만에 세상을 등지고 말았다. 평소 갖고 있던 심장 질환이 재발한 것이다. 특별한 결혼인 만큼 오랫동안 두 사람이 함께 살았으면 좋았을 텐데 아마도 신이 이들의 사랑을 질투한 게 아닌가 싶다.

수많은 취재진 앞에서 사랑을 맹세했던 두 사람은 할머니의 마지막 순간까지 이 결혼을 행복한 결혼으로 추억했을지 알 수 없는 일이다.

아니,
우리가 남자라구?

사람은 태어날 때 자기만의 성을 갖고 태어난다. 남성 아니면 여성 둘 중의 하나인 것이 지극히 정상적인 일이다. 하지만 세월이 흐르다보면 성에 있어서 이색적인 일이 종종 벌어지곤 한다. 분명히 남성으로 태어났는데 마음과 행동 모두가 여성인 것이다. 실제로 당사자는 여성이 되고 싶어한다. 이를 테면 트랜스젠더가 되고 싶은 것이다. 이 때문에 남성으로 태어났다가 성전환 수술을 통해 여성이 되는 사람들이 많다. 특히 태국에서는 많은 편이며 국내에서도 연예인 하리수가 성전환을 통해 많은 이슈를 남겼다. 정확한 통계는 알 수 없지만 국내에도 트랜스젠더 성향을 지니고 성전환을 끝냈거나 아직도 희망하는 이들이 많은 것으로 알려진다.

현대 사회는 자신이 원하는 쪽으로 성을 바꾸는 것에 대해 비교적 관대한 입장으로 돌아서고 있는 것 같다. 태국을 비롯한 일부 국가에서는 여성으로 성전환한 사람들을 대상으로 미인대회도 열 정도다.

그러나 자신의 의지와는 무관하게 25년 동안 여자로 살아왔는데 여자가 아니라 사실은 남자나 다름없다는 사실을 알게 되면 그 심정이 어떨까? 그저 아기를 갖지 못하거나 가슴이 작은 정도가 아니라 아예 염색체수가 남성으로 나타났다면 이것은 엄청난 충격일 것이다. 또 대다수의 사람들은 어떻게 그런 일이 벌어질 수 있을까 의심스러워할 것이다.

하지만 그것은 중국 산둥성 라오샨 지역에 사는 한 자매에게 일어난 실화다. 2008년 현재 각각 25살, 26살 된 자매가 하루는 산부인과를 찾아갔다. 이유는 둘 다 결혼을 했지만 임신이 안 되었기 때문이다.

그러나 병원에 간 이들 자매는 도저히 이해할 수 없는 황당무계한 말을 듣게 된다. 두 사람 모두 46쌍의 염색체를 검사한 결과 둘 다 XY로 나타났다는 것이다. '여성'이 아니라 '남성'으로, '자매'가 아니라 '형제'로 바뀐 셈이다.

이들을 검사했던 산부인과측 담당 의사는 두 사람의 유선과 자궁 검사 결과 모두 발육 상태가 불량 상태로 나타났으며, 혈액 내분비 검사에서도 난소 기능을 하지 않는다는 것을 발견했다고 한다. 생식선은 완전히 불완전한 상태로 성반전이 나타났다는 것이다.

남성이 되고 싶었던 여성이라면 큰 돈 안들이고 성을 바꿀 수 있어 좋다지만 결혼까지 한 이들 자매의 운명은 어떻게 되는 것일까? 참으로 안타까운 일이 아닐 수 없다. 이들 자매 아니 형제는 어떤 결정도 내리지 못한채 여전히 고민에 빠져 있다고 한다.

71년 넘은 집을
통째로 옮길 수 있을까?

땅이 넓은 나라에서는 이동 주택이 인기를 끈다. 계절마다 살기 좋은 곳으로 또는 필요에 의해 다음 살 장소로 집을 이동시키는 것이다. 이동시키는 방법은 대형 트럭에 집을 통째로 싣고 이동하는데 대부분 이런 집들은 가벼운 건축 소재로 만들어진데다 우리의 한옥과는 또 다른 방법으로 지어졌기 때문에 가능하다.

한옥은 기둥을 받치는 주춧돌이 있는데다 뼈대가 나무로 되어 있고 지붕은 기와로 되어 있어 집을 통째로 움직인다는 것은 상상도 할 수 없는 일이다. 게다가 제대로 잘 지어진 한옥은 그 무게가 무려 100톤이 넘기 때문에 그 누구도 이 어마어마한 집채를 옮길 생각은 하지 않는다.

그런데 이게 어찌 된 일인가? 2007년 전북 김제에서 한 채의 한옥이 통째로 옮겨지는 대 사건(?)이 발생했다. 그 집은 아주 멋지게 지어진 전통 한옥으로 누가 보아도 문화재처럼 보일 만큼 다르게 보였다. 게다가 역사가 71년이라고 하니 그 기와집이 풍기는 운치는 대단해 보였다. 그런데 이 멀쩡한 한옥을 왜 옮긴 걸까.

알고 보면 이 한옥에는 오랜 세월을 거치는 동안 참으로 묘한 사연이 있었던 것이다.

70여 년 전 아주 재산이 많은 부자가 있었다. 주인은 아주 멋진 한옥을 짓기 위해 값비싼 나무를 사들이고 온갖 정성을 들여 집을 지었다. 그런데 신이 그를 질투한 걸까. 새 집을 지은 이후로 갑자기 집안이 망해 가족들이 뿔뿔이 흩어지는 일이 발생했다. 그 누구도 예상치 못했던 일이었다.

그러자 그 집을 구입한 새 주인이 들어왔는데 그 역시 소문난 부자였다. 대궐 같은 좋은 집에서 살게 된 주인은 더 이상 부러울 게 없었는데 어느 날 한 스님이 집 앞을 지나다 참으로 알 수 없는 말을 하고 떠난 것이다.

"어~허. 이 집은 사람이 살 곳이 아니오. 액운이 들었소이다. 저기 저수지의 물이 다 마르면 급히 집을 떠나야 되오."

스님의 말대로 물이 가득했던 저수지에 갑자기 물이 사라졌다. 그래서 저수지가 아닌 그냥 땅이 되어 버렸고 마을에는 어느 날 큰 구렁이가 나타나기도 했다. 도무지 이해하기 힘든 일들이 벌어지자 새로 이사온 집주인의 재산도 하나둘씩 없어져 결국 그들도 집을 떠나게 되었다.

그 후로도 몇십 년 동안 이 집에 이사를 온 사람들은 늘 망해서 나가거나 불행한 일들을 겪고 다시 떠나곤 했다. 이런 일이 반복되면서 큰 돈과 공을 들여 지은 이 집은 그 가치를 인정받지 못한채 천덕꾸러기 신세가 되었다. 이에 이 한옥을 보고 아주 잘 지어진 집이라고 판단한 지금의 주인 김 모 씨가 집을 구입했다. 그리고 풍수지리 전문가들에게 의뢰한 결과 이 집의 터가 좋지 않다는 사실을 알게 되었다. 다만 한 가지 방법은 있었다. 본래의 위치에서 2미터만 집을 옮겨도 집의 운은 달라진다는 얘기를 듣게 된 것이다.

이에 집주인은 당장 장비와 인부를 사서 집을 옮기기로 했다. 사람들은 100톤 이상 나가는 이 집을 그대로 옮기는 것에 대해 반신반의했다. 하지만 주인은 실행으로 옮겼다. 한옥을 지탱하는 주춧돌을 모두 제거하고 그 밑에 철근을 깔았다. 40분 동안 약 10cm 움직였을 정도로 신중한 작업이 계속됐다. 조금만 실수를 해도 이 집은 오래 된 집이라 무너질 우려도 있었다. 이틀간에 걸쳐 동남쪽 방향으로 약 2미터 옮기는 데 성공했다.

이같은 사연은 실제의 이야기로 공중파 방송을 타고 방송되기도 했다. 불가사의한 일로 여겼던 일을 현실로 펼쳐 보인 이 집주인의 의지는 참으로 대단한 것이다. 집을 옮기고 난 후 앞으로 새로운 주인의 가정에는 정말 좋은 일이 생길 거라고 빌어 주면 좋을 듯싶다.

임신한 남자,
예쁜 딸을 출산하다

가끔씩 공주병에 걸려 편한 것만 좋아하는 여자들은 농담삼아 이렇게 말한다.

"남자가 임신을 할 수 있다면 아이도 아예 남자에게 책임지라고 하면 되는데."

만일 그런 세상이 온다면 남자들은 정말 힘들 것이다. 아니 여자가 밖에 나가 돈을 벌어 가족의 생계를 책임지고 남자는 살림을 해야 할 것이다.

1994년에 개봉된 영화 '주니어'는 남자가 임신을 하는 이색적인 테마를 다루어 화젯거리가 되었다. 이 영화에서 해스 박사(아놀드 슈월제네거 분)는 안전한 임신을 보장하는 마술적인 약 개발에 일생을 바치며 실험실과 결혼한 의사다. 그의 동료인 아보개스트 박사도 자신의 가정은 까마득히 잊은채 남의 가정 문제 해결자로 불임 부부를 위하여 수정 임신을 연구하는 괴짜 산부인과 의사다. 이 영화를 이끄는 또 다른 한 사람은 그들의 라이벌인 난자 저온학 전문의인 여의사 레딘 박사(엠마 톰슨 분)으로 그녀는 난자를 냉동 보관하는 데 성공을 하였지만 실제로는 용기가 나지 않아 행동에 옮기지 못하고 있다. 두 남자 의사들은 여의사의 인공 수정체를 훔치게 되고 해스 박사에게 임신 가능성 실험을 하게 되는데 그 가능성이 실제 현실로 나타난다.

해스 박사는 피부가 부드러워지고 기분이 달라지는 등 임산부의 과정을 똑같이 겪게 된다. 이런 해스 박사의 이상한 행동과 변화 과정을 지켜보게 되는 레딘 박사는 자신에 대한 해스의 저돌적인 사랑에 혼돈을 느끼지만 마침내 둘은 사랑에 빠지게 된다. 그녀는 남자인 해스 박사가 아이를 출산하는 과정을 지켜보게 된다.

이것은 어디까지나 영화였다. 그런데 이같은 일이 현실화된다면 어떻게 될까? 적지 않은 남성들이 임신을 택할까?

2008년 3월 현재 미국에서는 참으로 묘한 일이 벌어지고 있다. 성전환 수술을 받고 법적으로 남성으로 인정받은 뒤 10년간 남성으로 결혼 생활을 해온 사람이 임신해 있다는 사실이다. 아놀드 슈왈제너거가 인공 수정을 통해 아이를 낳는 아빠로 출연했던 영화 '주니어'가 실제로 재현된 것이다.

미국 오리건주에 사는 서른네 살의 남자 토머스 비티(34)는 정자 은행을 통해 임신한 후 6월 29일 딸을 낳았다. 비티는 턱

에 수염도 나고 매력적인 남성의 모습을 지닌 사람이다. 하지만 그는 본래 트레이시란 이름의 여성이었다. 비티는 성전환 수술 후 정상적인 여성을 만나 결혼했다. 때문에 그의 이웃은 물론이고 처가 식구들도 그가 한때 여성이었다는 사실을 몰랐다. 남성으로 생활해 온 그가 임신을 결심한 것은 다름 아닌 아내의 불임 때문이었다. 그의 아내가 자궁 적출 수술을 받아 임신이 불가능해졌던 것이다.

그가 마지막으로 생리를 한 것이 8년 전이었지만 그는 임신을 결심하였다. 아내가 안 된다면 자신이라도 임신에 도전해 보겠다고 마음먹은 것이다. 게다가 그는 다행히 성전환 수술 당시 자궁 등 여성 고유 기관을 제거하지 않았기 때문에 임신이 가능했다.

임신을 결심한 후 그는 남성의 성징을 유지하기 위해 주기적으로 맞아온 남성 호르몬인 테스토스테론 주사를 중단했다. 그러자 4개월 후부터 별도의 여성 호르몬이나 임신 촉진 약품을 쓰지 않고도 임신이 가능한 몸 상태로 돌아가 임신에 성공한 것이다.

"아이를 갖는 것은 남자나 여자로서가 아닌 인간의 소망이라고 생각한다."는 토머스 비티의 출산을 계기로 성전환 수술을 한 또 다른 여성들이 아기를 갖게 될지도 모르는 일이다.

36년 동안
태아를 뱃속에 넣고
살아 온 남자

임신을 한 것은 아니다. 남자였으니 그런 생각을 할 수도 없었다. 하지만 어린 시절부터 늘 배가 불러서 고통스러웠던 남성이 있다. 여자도 아니고 남자니까 그저 그러려니 하고 살았다. 게다가 첨단 의료 기기로 검진을 해볼 수 있을 만큼 경제적 여유도 없었기에 멀쩡하게 생긴 훤칠한 남성이지만 어쩔 수가 없었다.

미국 ABC 뉴스에서 지난 1999년 6월 놀라운 사실을 발표했을 당시 산자 바가트라는 이름의 이 남자는 36살이었다. '배불뚝이'로 불리던 이 남자에게 1999년 6월 갑자기 복통과 호흡 곤란이 일어났다. 참을 수 없을 만큼 아프자 결국 인도 나그푸르의 병원으로 긴급 후송되었다. 의료진들은 바가트의 뱃속에 대형 종양이 있을 것이라고 생각하고 수술을 실시했다. 그런데 참으로 알 수 없는 일이 그의 뱃속에서 일어났다. 배를 열어 본 결과 그의 위장에 '태아'가 자리 잡고 있는 게 아닌가? 사연인즉 그는 36년 동안 쌍둥이 형제 태아를 뱃속에 넣고 살아 온 것이었다.

바가트의 뱃속을 보았던 당시 의사들은 놀라움을 뛰어 넘어 공포까지 느꼈다고 한다. 뱃속에 있던 태아는 손과 발은 물론 턱과 머리카락 심지어 손톱까지 있었던 것이다.

전문가들은 대단히 희귀한 의학 미스터리 중 하나인 '태아 속의 태아(fetus in fetu)' 증상으로 밝혔다. 바가트의 쌍둥이 형제가 어머니의 자궁에 제대로 자리를 잡지 못하고 바가트의 뱃속에 착상되었다는 논리다.

의학계에서는 '태아 속의 태아' 현상이 보고된 사례가 지금까지 수십 건이 있지만 바가트와 같은 경우는 극히 드문 경우라고 한다. 그런데 어떻게 36년이란 세월 동안 태아는 그렇게 변하지도 않고 그대로 남아 있던 것일까? 참으로 알 수 없는 노릇이다. 사실 남자의 위와 여자의 자궁은 다른데 어떻게 그곳에서 손톱이 자라고 머리카락이 자랐는지가 궁금하며 오랜 세월 동안 태아를 뱃속에 넣고 살아온 것 자체가 특별한 일이 아닐 수 없다.

수술은 끝났고 바가트는 현재 건강을 회복하여 지금은 정상적인 삶을 살아가고 있다고 한다. 하지만 의학적 지식이 없는 일부 이웃 주민들은 여전히 바가트를 '임신한 남자'라고 부른단다.

9쌍둥이, 8쌍둥이 가능할까?

예전과는 달리 요즘은 쌍둥이 출산이 많이 늘어났다. 여기에는 인공 수정으로 인한 영향도 큰 것으로 보인다. 그래서인지 요즘은 쌍둥이를 낳았다면 큰 화젯거리가 못된다. 물론 출산율이 낮아지면서 사회적 문제로 떠오르는 요즘 국가 차원에서는 환영할 만한 일이지만 두 쌍둥이 정도로는 이슈가 되지 않는다. 세 쌍둥이, 네 쌍둥이들이 태어나고 있기 때문이다.

과연 9쌍둥이를 낳았다면 믿을 수 있을까? 설령 낳았다 할지라도 건강하게 자랄 수 있을지 그것이 더 걱정스러운 일이다.

아니나 다를까? 기네스북에 오른 최다 쌍둥이 기록은 1971년 호주 시드니에서 태어난 9쌍둥이다. 하지만 안타깝게도 이 쌍둥이들 중 3명은 사산했다고 한다. 하지만 미국에서는 2005년 여덟 쌍둥이가 생존한 채로 탄생했다. 산모는 나이지리아에서 이민 온 27살의 엔켐 추크우로 그녀는 6명의 여자아이와 2

94

명의 남자아이를 텍사스주 휴스턴의 성누가 병원에서 제왕절개로 분만했다. 여덟 쌍둥이 중 여아 5명과 남아 2명은 분만 예정일보다 10주 빠르게, 여아 1명은 12주 일찍 태어났고 쌍둥이들의 몸무게는 정상 체중에 훨씬 못 미치는 308g~476g 정도였다. 낳자마자 모두 인큐베이터에 들어갔지만 지금은 건강하게 자라고 있을 것으로 보인다.

8쌍둥이, 9쌍둥이는 그야말로 신이 점지해 주지 않고서는 참으로 놀라운 일이 아닐 수 없다. 요즘처럼 출산율이 세계적으로 떨어지고 있는 시기에 9쌍둥이를 건강하게 낳아 잘 기른다면 국가에서 그 아이들에 대한 지원을 해 주어야 할 것이다.

최근 중국에서도 다섯 쌍둥이들이 화제가 되고 있다. 올해로 6살 생일을 맞는 다섯 쌍둥이는 무엇보다도 귀중한 선물을 2개나 받았다. 2008 베이징 올림픽 조직위원회에서 '올림픽 지원사절'의 칭호를 준 것이다. 또 이들 다섯 쌍둥이는 '올림픽 성공기원악단'도 구성해 올림픽 때 뭔가를 보여 주겠다는 의욕에 차 있다. 다섯 쌍둥이는 올림픽 성공에 보탬이 되고자 각종 무용과 무술까지 익혔다고 한다.

그렇다면 한국에서는 과연 몇쌍둥이가 최고일까. 1977년 6월 강원도 정선에서 딸 네 쌍둥이가 태어나 온 국민을 깜짝 놀라게 했다. 국내 최초의 네 쌍둥이는 모두 건강하게 태어났다. 당시 사북 탄광촌의 가난한 우편집배원의 선량한 부인이 낳은 그 아기들은 이름을 매화, 난초, 국화, 대나무 등 사군자에서 따와 〈일매〉, 〈일란〉, 〈일국〉, 〈일죽〉으로 지었다. 지금 그녀들은 벌써 31살의 여성들로 성장해 있다.

이들에 이어 2007년 7월 23일에도 서울에서 네 쌍둥이가 태어났다. 여아 1명에 남아가 3명으로 제왕절개로 태어나 건강하게 자라고 있는 네 쌍둥이는 대통령 부인이 축하 꽃바구니를 보내 화제가 되기도 했다.

어느 나라에서든지 다산은 풍요를 의미하는 아주 좋은 일이 아닐 수 없다. 건강하게 자라만 준다면 쌍둥이를 얻는 일은 가정적으로나 사회적으로나 행복한 일이다.

오로지 돌로 만든
2천 년 전의 수도관

"저게 대체 뭐야?"

"영화가 아니라 현실인데 어떻게 저런 일이……."

아치형 받침대가 있는 조형미가 뛰어난 거대한 구조물을 보는 사람들은 한결같이 감탄사를 뿜어낸다. 다름 아닌 수도교다.

스페인에서 빼놓을 수 없는 역사 관광 도시인 세고비아에 들어서면 멀리 바라다 보이는 이 웅장한 건축물 때문에 입이 저절로 벌어진다. 그리고 사람들은 고개를 갸우뚱거린다. 불가사의한 일이라고 여겨지기 때문이다.

전체 길이 728m에 163개의 아치가 있는 로마 수도관인 이 수도교는 멀리서 보면 마치 거대한 성문 또는 다리처럼 보인다. 이 때문에 일명 '로마 수도교'라 불리기도 한다. 그런데 가까이 가서 보면 그야말로 경이롭다는 감탄사가 흘러나온다.

오로지 돌을 쌓아서 만든 수도교는 높이만도 100여 미터에 달하는데다 한쪽 산에서 건너편 마을(옛 도시 중심가)로 이어진다. 이 구조물을 이미 2000여 년 전에 시멘트나 회반죽 같은 접착제 없이 순전히 돌만 가지고 쌓았다는 것이 의문을 자아낸다. 지금처럼 건설 장비가 전혀 없던 시절에 어떻게 그렇게 높이, 그리고 우아하게 돌로 이런 건축물을 만들었는지 참으로 알 수 없는 수수께끼 같은 일이다.

수도교는 고풍스러우며 웅장하며 또 단순한 듯하면서도 우아한 외관도 외관이지만 건축 기법이 그야말로 궁금하기만 하다.

세고비아는 도시 전체가 세계문화유산으로 지정된 똘레도와 그라나다와 함께 스페인에 잘 보존된 고대 도시 중 하나다. 기원전 700년 무렵부터 이베리아인들이 살기 시작했으며 기원전 80년 무렵부터 8세기 무렵까지는 로마인들이 화려한 문화를 꽃피운 곳이다.

세고비아에는 세계문화유산의 일부로 지정된 로마 시대의 스페인 최후의 고딕식 건축물인 대성당, 마치 요새를 연상케 하는 궁전 알카사르 성 등 명소들이 많지만 단연코 수도교는 세고비아를 대표하는 상징물로 통한다. 관광명소는 로마 시대에 조성된 로마 수도관이다. 이 수도관은 도시의 낮은 곳에서 위쪽으로 물을 공급하기 위해 1세기 말에 조성되었는데 실제로 1884년까지 이 수로를 이용하여 세고비아 시내에 물을 공급했다고 한다.

세고비아는 아주 오래 전에 승리의 땅으로 불리면서 황제 트라야누스가 로마 용병들을 독려해 역사에 길이 남을 다양한 문화유산을 만들어냈다. 역사적이며 낭만적인 세고비아, 그리고 수도교. 실제로 보지 않으면 그 감동은 피부로 와 닿지 않는다.

이렇게 찬란한 문화유산을 보노라면 또 한편으로는 부러움이 느껴진다. 우리 땅에는 왜 그토록 오래 된 찬란했던 문화유산들이 어디론가 사라진 것일까?

SuPriSe

초과학적 미스터리!

'절대'가 통하지 않고, '상식'을 뛰어넘는 미스터리 세상!!

우리가 미처 깨닫지 못하고 있는 동안에도 지구상에는 상상을 초월하고 엽기적이라
고 할 만한 신기한 일들이 일어나고 있다. 상식을 뛰어넘고, UFO라고 믿을 수밖에
없는 초과학적인 미스터리들을 보면서 그 기발하고 비범한 일들을 통해 우리는 한바
탕 삶을 즐겁게 비틀어 볼 수 있는 청량제 같은 시간을 갖게 된다.

온몸이 털인 남자의 공개 구혼

여성들마다 다르긴 하지만 대체적으로 남자의 가슴에 털이 있으면 여성들은 그 남성을 '매력적인 남자' 로 여긴다. 동양 남자들은 대부분 온몸에 털이 많은 편은 아니다. 다리나 팔에는 많아도 가슴까지 털이 있는 사람은 많지 않다. 무조건 털이 많아야 매력적인 것은 아니지만 몸에 적당히 털이 있는 사람들은 남성적인 매력을 한결 더 강하게 발산하곤 한다.

하지만 털이 너무 많아도 문제가 된다. 구렛나루를 길러도 신경 써서 정리하면서 길러야만 얼굴의 원형이 드러나고 멋지며, 몸에도 적당히 나야만 흉하지 않다. 하지만 온몸에 털이 마치 킹콩처럼 나서 눈과 코, 입술 외에는 온몸이 털이다. 말을 하고 들을 줄 알고 서서 다니니 사람이지 그를 보는 순간 겁부터 먹기 십상이다. 이쯤 되면 여성을 만나 결혼을 하는 것도 큰 문제거리다.

올해 29살 된 중국의 청년 위전환이 바로 그런 케이스이다. 그를 본 수많은 여성들이 털로 뒤덮인 그의 외모로 인해 충격을 받았다고 한다. 이런 사실을 스스로도 잘 알고 있는 위전환은 비록 자신의 외모는 킹콩처럼 무서워 보이지만 마음만큼은 부드럽고 여린 남자라고 익살을 부릴 정도다.

'킹콩', '털소년'으로 통하는 위전환 씨. 그도 정신적으로 건강한 남성인지라 혼자서는 외로워서 사랑을 하고 싶어 하는 것은 당연한 일이다. 그런 그에게 3년간 사귄 애인도 있었다. 하지만 그 여성은 최근 결별을 선언하고 떠났다고 한다. 이쯤 되면 보통 사람들은 실의에 빠질 수도 있을 것이다. 자신의 신체적 결함 때문에 사랑하는 여성이 떠났다면 얼마나 가슴 아픈 일인가.

하지만 위전환 씨는 낙천적인 사람이다. 그는 오히려 인터넷 중매 사이트에 공개 구혼장을 냈다. 문구는 이렇다.

"온몸의 털까지 사랑할 수 있나요?"

사실 육체 건강하고 정신만 올바르다면 털쯤이야 문제가 되지 않을 수도 있다. 물론 불편함은 있겠지만 시간이 흘러 현대 의학으로 해결할 수 있지 않을까. 날마다 사고나 치고 가정 폭력이나 일삼는 정신 나간 남성들에 비하면 위전환 씨는 꽤 괜찮은 남성인 것이다. 문제는 여성들이 그의 진실을 알아줄 수 있어야 하는데……

우리나라 남성들 중에는 자신의 몸에 털이 없는 것에 대해 불만을 드러내는 이들도 있다. 어디 그뿐인가. 청소년기 남자 아이들은 가슴에 털을 만들고자 모발제를 사다 바르기도 하는 일이 많다. 그러고보면 참으로 세상은 불공평한 것이다. 조물주의 장난인가. 아니면 운명의 장난인가.

사람 피부로
책을 만들었다구요

책이 만들어지기 시작한 것은 아주 오래 전의 일이다. 우리가 흔히 책이라고 할 수 있는 형태로 책이 만들어진 시기는 BC 3세기경이다. 그 당시에는 파피루스라고 불리는 식물을 재료로 사용했으며, 그 이후에는 양피지 같은 동물의 가죽을 많이 사용했다. 그리고 중국의 채윤이 종이를 발명하면서 책은 지금처럼 종이로 만들어지기 시작했다.

하지만 놀라운 일이 있다. 사람의 가죽으로도 책을 만들었다는 사실이다. 생각만 해도 등이 오싹해지는 무서움이 느껴진다. 그러나 사실이다.

세계 최초로 사람의 가죽으로 만들어진 책은 1606년 간행되었다. 이 책은 성직자 헨리 자넷의 살해 음모와 관련이 있다. 의회에 화약을 설치해 국왕 제임스 1세를 살해하려고 했다는 음모에 연루된 자넷은 왕명에 의해 결국 죽임을 당했고, 석 달 후 그의 가죽은 책으로 남게 됐다. 일부 학자들은 헨리 자넷이 오히려 국왕 살해를 막으려다가 사건에 연루된 것으로 주장하고 있으며, 사건 당시 자넷 역시 자신의 억울함을 호소했지만 받아들여지지 않았다. 중요한 것은 어찌 되었든 이 책은 사람의 피부로 만들었다는 것이다.

게다가 이 책이 더욱 화제가 된 이유가 있다. 책의 표지에 죽은 자의 얼굴 이미지가 형상화되어 있다는 것이다. 그의 억울함을 호소라도 하듯 책에는 그의 얼굴 형상이 흐릿하게 보여 세간의 관심을 집중시키고 있다.

경매 회사인 시드 윌킨스가 영국의 남부 요크셔 지방에서 이 책을 경매할 계획이었는데 가격은 약 580만 원에서 960만 원 사이에 낙찰될 것이라고 예상했다. 하지만 이 책의 스산한 분위기 때문에 아직까지 선뜻 나서는 사람은 없었다고 한다.

또 영국 북부의 리즈 시 도심에서 사람 피부로 제본한 책이 발견되기도 했는데, 이 책은 300년쯤 전의 것으로 대부분 프랑스어로 씌어 있었다. 1789년 프랑스혁명을 전후한 시기에 사람 피부로 책의 표지를 만드는 것은 흔한 일이었다. 18, 19세기엔 살인사건 재판 기록을 살인범의 피부 가죽으로 제본하기도 했던 것이다.

여기에 더 한 가지 놀라운 사실은 우리나라에도 사람의 가죽으로 만든 책이 있다는 사실이다.

'설마' 하고 믿지 않는 이들이 많겠지만 얼마 전 한 TV 방송

에서는 현재 서울대학교 중앙도서관에 표지를 사람 가죽으로 만든 책이 있다는 사실을 방송했다. 문제의 책은 실제로 서울 대학교 중앙도서관 내 국보급 도서 보관실인 귀중본실에 소장 돼 있었다.

인피로 추정되던 책은 10여 종으로 전문가들이 현미경 조직 검사로 조사한 결과 인간의 가죽과 가깝다는 판정을 내렸다. DNA 검사 결과 인간의 미토콘드리아 성분이 나타났기 때문 에 인피로 추정하게 됐다고 한다.

서울대에 보관중인 이 책은 1671년 네덜란드 동인도 회사가 만든 중국 지리서로 책 내부에는 중국 지리와 건물 등이 상세 히 그려져 있었다.

그렇다면 왜 도대체 무슨 연유로 책 표지를 사람 가죽으로 만든 것일까?

16, 17세기에 인피 표지 책이 국제적으로 유럽에서 성행해 철학서, 지리서, 의학서에서 많이 활용됐는데 그때 대상자는 노예, 전쟁 포로, 죽은 시체 등이었다. 그런데 더욱 소름끼치는 일은 어떤 이들은 당시 애장도서에 자신의 표피를 활용해 달라 는 유언을 남기기도 했다고 한다.

현재 서울대에 있는 이 책은 원래 독일에 있었는데 독일이 1 차 세계 대전 패배 후 일본에 전쟁 배상금 일부를 책으로 전했 고, 일제 강점기 때 서울대 전신인 경성 제국대학 부속도서관 에서 소장돼 전해진 것으로 알려진다.

GM 스포츠 세단 폰티액 G6를 선물로 받은 방청객들

어느 날 방청객으로 TV 방송국에 갔는데 세단 한 대를 선물로 받게 된다면 그것은 행운이다. 퀴즈를 통한 깜짝 이벤트나 처음부터 경품을 내건 이벤트 행사라면 얼마든지 가능한 일이다. 그런데 한 사람, 두 사람도 아니고 방청객 276명 모두에게 고급 세단을 한 대씩 주었다면 과연 믿겠는가? 아무리 세계 제1의 나라인 미국일지라도 이런 놀라운 일은 믿기 어렵다. 열이면 열 모두가 그것은 거짓말 또는 지어낸 이야기라고 할 것이 틀림없다.

말만 들어도 가슴 설레이는 세단 선물. 아마 그런 이벤트가 있다면 그것이 선착순에 의해 지급된다면 몇날 며칠 전부터 밤을 새워가며 행사장 앞에서 기다릴 사람들이 부지기수일 것이다.

그러나 이같은 일이 사실로 벌어졌다. 그것도 미국에서만

3000만 명이 시청하는 인기 프로그램으로 전 세계 109개 국에서 방영되고 있는 '오프라 윈프리 쇼'에서다. 그저 놀랍기만한 일이다.

인기 토크쇼 '오프라 윈프리 쇼'의 진행자 오프라 윈프리가 하루는 276명의 방청객에게 새 차 한 대씩을 선물하는 '깜짝쇼'를 벌인 것이다. 윈프리는 이 쇼의 19번째 시즌을 시작하면서 이날 방청객 276명 전원에게 제너럴 모터스(GM)의 스포츠 세단인 폰티액 G6 한 대씩을 선물했다.

깜짝쇼는 이렇게 진행되었다. 윈프리는 방청객 중 11명을 무대로 불러내 이들에게 차 한 대씩을 준 후 윈프리는 곧이어 방청객들에게 선물 상자 하나씩을 나눠 주었다. 그녀는 이 중 하나에 12번째 차 열쇠가 들어 있다고 말했다. 그러나 놀라운 사실은 그 순간 발생했다. 상자를 뜯어본 모든 사람들이 놀라움을 금치 못했던 것이다. 전원이 행운의 당사자가 된 것이다. 방청객들 중에는 너무 흥분해 우는 사람도 있었고 놀라워서 소리를 지르는 이들도 있었다.

윈프리는 올해 쇼의 주제를 '이루고 싶은 꿈(Wildest Dreams Season)'으로 정했다고 한다. 시청자 중 '사랑하는 이들이 새 차를 받아야 하는 이유'를 적어 보내도록 한 뒤 적어 보낸 사람 중 방청객을 선정해 이날 초청했던 것이다.

감동적인 사연 중에는 "선생님의 차가 시도 때도 없이 고장 나 수업에 늦곤 한다."는 학생들의 '호소문'도 있었다고 한다.

    제너럴 모터스(GM)의 스포츠 세단인 폰티액 G6는 대당 2만8000달러로 우리 돈으로는 약 3200만 원에 달한다. 그렇다면 오프라 윈프리는 방청객들을 위해 무려 90억여 원을 썼다는 말이 된다. 인기가 절정이어서 아무리 돈이 많은 그녀라고는 하지만 이렇게 큰 돈을 쓰는 일은 쉽지 않은 일이다.

    아니나 다를까. 이 이벤트의 뚜껑을 열어보았더니 이 차들은 GM사로부터 협찬 받은 것이었다.

고양이 귀신이
들어간 여자

동양에서는 고양이를 흔히 영물이라 하여 함부로 대하거나 죽이는 일을 삼갔다. 특히 미신을 믿는 농촌 지역의 사람들 사이에서는 고양이는 다른 동물과 달리 영적인 존재여서 고양이에게 해를 끼치면 반드시 그 대가를 치르게 된다는 속설이 전해져 내려오고 있다. 유럽·아프리카 등지에도 고양이에 대한 미신을 믿는 이들이 있다. 고양이의 가축화가 발달한 고대 이집트에서 고양이는 신성한 동물이었다고 한다. 또한 고양이가 시체를 뛰어넘으면 시체가 움직인다고 하여 고양이를 시체 가까이 두지 않는 풍습 등 고양이에 관한 미신은 많다. 대체적으로 고양이 미신을 믿는 사람들은 고양이의 거동을 통해 불길한 일이 벌어질 조짐을 읽는 습관이 있기도 하다.

그러나 요즘 들어서는 도시가 고양이 천국으로 변해가고 있다. 쥐를 잡는 고양이를 너무 예뻐한 탓일까. 아니면 애완용으로 기르던 고양이들을 버린 것인지 우리나라는 그 어느 때보다도 주인 없이 떠돌이 생활을 하는 고양이들이 갈수록 늘고 있는 추세다. 어느 섬에서는 고양이들이 너무 많아져 농가에 피해를 주는 등 문제가 되어 고양이 대소탕 작전을 벌이기도 했다. 고양이의 경우 임신 기간이 9주(62~65일) 정도로 짧은데다 한 번에 여러 마리를 낳게 되므로 그냥 내버려 둘 경우 그 숫자는 엄청나게 불어나게 된다.

현재 전 세계에서 애완용으로 사육되는 고양이만도 2억 마리가 넘는 것으로 알려져 있다. 그렇다면 떠돌이 고양이까지 합할 경우 그 숫자는 감히 셀 수 없을 정도로 엄청나게 많을 것으로 보인다.

고양이들의 천국이 된 세상. 하지만 미신을 믿는 사람들처럼 고양이에 얽힌 특별한 이야기를 듣게 되면 등골이 오싹해질지도 모른다.

믿어야 될지 아니면 그저 우연이라고 해야 할지 모르지만 이 특별한 이야기의 발단은 지금으로부터 50여 년 전 우리나라 한 시골 마을에서 시작되었다. 어느 농가의 한 부인은 두 살 난 아들에 이어 둘째 아이를 잉태하고 있었다. 아이가 태어났는데 아주 건강한 여자아이였다. 아들에 이어 딸을 낳았으니 부부는 즐겁기만 했다. 하지만 집 뒤켠에 도둑고양이가 새끼를 낳아 고양이 울음 소리가 밤낮으로 들려왔다. 그런데 갓난아이는 그게 싫었던지 아니면 놀랐는지 잠을 제대로 못 자고 울기만 했다. 이에 화가 난 남편은 원인이 고양이 때문이라고 판단하고 고양이집을 습격하여 고양이들을 두들겨 팼다. 그러자 고양이 한 마리는 죽고 나머지는 어디론가 도망을 가 버렸다. 남편은 도둑고양이 한 마리 죽인 것쯤이야 그다지 대수로운 일이 아니라고 여겼는데 문제는 2~3년 후에 나타났다.

아이는 커가면서 보통아이들과는 달리 행동했다. 허공을 쳐다보며 뭐라고 떠들어대기도 하고 정상적인 아이들과는 완전히 달라보였다. 헛소리도 헛소리지만 혼자서 여기저기 돌아다니기가 일쑤였고 초등학교에도 갈 수 없는 지경이 되었다. 정신적으로 이상한 아이가 된 것이다. 그런데 이 아이에게는 아주 특별한 것이 있었다. 마을 어느 집 중요한 물건이 없어졌다 하면 십중팔구는 이 아이가 훔쳐간 것으로 밝혀졌다. 더욱 놀라운 것은 보통 사람들이 전혀 눈치챌 수 없는 곳에 돈이나 귀중품을 숨겨도 이 아이는 귀신처럼 그것을 찾아내곤 했다. 그러자 마을 사람들은 물건만 없어지면 이 아이의 집에 찾아가 잃어 버린 물건을 찾아와야만 하니 속이 상해 아이의 부모에게 하소연하는 일이 수시로 발생했다, 그럴 때마다 아이의 부모는 때려도 보고 달래도 보았지만 좀처럼 아이의 습관은 바뀌지 않았다.

하는 수 없이 아이의 엄마는 무속인들을 찾아다니며 아이에 대한 궁금증을 알아보았는데 한결같이 고양이 신이 씌었다는 것이었다. 때문에 남들이 숨겨둔 물건을 귀신같이 찾아내는데

다 여기저기 혼자서 돌아다니며 정상적인 생활을 하지 못한다는 얘기였다. 할수없이 아이의 부모들은 무속인들을 불러 굿을 하기도 하고 정신병원에도 데려가 보았지만 아이의 이상한 행동에는 변화가 없었다. 나이가 들어 처녀가 되어서도 마찬가지였다. 때문에 마을 사람들은 그녀를 보면 무속인들의 말처럼 고양이 귀신이 씌었다고 여겼으며 그 이유는 아이 아버지가 고양이를 죽였기 때문에 죽은 고양이의 혼이 복수를 한 것이라고 믿었다.

하지만 놀라운 사실은 정신이 이상한 그녀는 집에 자물쇠를 채우고 암호 숫자로 잠가놓아도 귀신이 곡할 정도로 자물통을 열어 방바닥이든 장롱 속이든 감춰 놓은 귀중품이나 돈을 훔친다고 한다. 그리고 그녀가 다녀간 자리에는 누가 다녀갔다는 흔적조차 남지 않는다고 한다.

고양이를 애완동물로 기르는 시대인 만큼 이같은 고양이 미신에 대해 고개를 흔드는 사람들이 대다수지만 이 이야기는 꾸며낸 이야기가 아니라 사실이라는 점에서 여전히 의문점으로 남는다.

나의 배우자는
아리따운 개(?)라오

'결혼은 해도 후회, 안 해도 후회한다. 그래서 일단 하는 게 덜 손해 보는 장사다.'

사람들은 보통 결혼을 얘기할 때 이렇게 말한다. 물론 한창 젊은 20대들이야 이런 말에 귀 기울이지 않는다. 그들의 지론은 '결혼은 하고 싶으면 하는 것이고 하기 싫으면 안하면 된다. 반드시 결혼을 해야 한다는 법은 없다'라는 쪽에 생각이 기울어져 있다. 게다가 요즘 들어서는 '골드미스'라는 말이 나올 정도로 학력 높고 안정된 직장 생활로 경제적으로 여유 있는 여성들의 경우 결혼은 그다지 중요한 사안이 아닌 것으로 치부된다.

우리나라 상황은 이쯤 되는데 땅덩이 넓고 인구 많은 인도의 경우 워낙 사람이 많은지라 별의별 사람이 다 있다. 결혼에 대한 것 또한 그렇다.

인도의 한 남자는 사람도 아닌 개와 결혼을 해 화젯거리가 되고 있다. 국내에도 방송을 통해 소개된 주인공은 바로 셀바쿠마르 씨. 그는 실제로 1년 전에 개와 결혼을 했다. 누가 들어도 놀라지 않을 수 없는 이 사연은 방송을 타고 전 세계에 알려졌다. 그런데 대체 그는 왜 하필이면 개와 결혼을 했을까? 여성들로부터 버림을 받은 남자라 할지라도 대부분의 남성들은 결혼을 하지 않았으면 않았지 개와 결혼하고 싶은 이는 없을 것이다.

이유는 무엇일까?

30대 중반의 셀바쿠마르 씨 그에게는 나름대로 사연이 숨어 있었다. 15년 전 어느 날 그는 실수로 개를 치어 죽였다. 그런 일이 있은 후 그에게 이상한 일이 나타났다. 갑작스럽게 온 몸에 마비가 오기 시작된 것이다. 상황이 이러니 그는 병원을 찾았다. 하지만 그의 몸은 원래 상태로 돌아오지 않았다. 현대 의학으로도 안 되는 그의 건강. 힘든 나날을 보내던 중 그는 점술사에게서 특별한 얘기를 듣게 된다.

그의 몸이 마비된 것은 그가 죽인 개의 저주 때문이니 개와 결혼하면 그 저주를 풀 수 있다는 것이었다. 솔직히 성격 급한 사람 같으면 점술사의 귀뺨을 한 번 날렸을 일이다. 하지만 그는 고민했다. 믿어야 할지 믿지 말아야 할지, 참으로 망설여지는 일이었다.

하는 수 없이 그는 자신의 건강을 위해 길거리에 돌아다니는

개 한 마리를 붙잡아 결혼식을 올렸다. 놀라운 것은 점술사의 말이 그대로 맞아떨어진 것이다. 개와 함께 살면서 그의 몸은 다시 회복되었다. 믿기지 않는 사실이지만 그의 주변 사람들이나 가족이 그것을 인정하는 만큼 사실인 것이다.

그의 결혼식은 동영상으로 기록이 남아 있고 결혼 증명서도 있어 세상에 공개되었다. 그런데 이런 자식을 바라보는 부모의 마음은 어떨까. 며느리를 개로 들였으니 여간해서는 아들을 인정하지 않을 것이다. 하지만 셀바쿠마르 씨의 어머니는 둘이 좋아하기 때문에 할 말이 없다면서 오히려 가정에 다시 웃음이 찾아왔다고 했다. 다 죽어갈 것만 같았던 아들이 다시 멀쩡한 몸으로 돌아왔으니 부모 입장에서야 얼마나 좋은 일이겠는가. 며느리가 개만 아니었더라면 금상첨화였을 텐데 말이다.

한을 풀지 못하고 떠난 처녀할머니

최근 몇년 전에 국내에서 일어난 실화다.

어느 평범한 집의 안주인이 성인병과 노환을 앓다가 결국 80살의 나이로 세상을 떠났다. 이에 평소 효심이 깊은 아들과 며느리는 큰 돈을 들여 경기도 한 시골에 땅을 구입하여 양지바른 곳에 무덤을 만들어 돌아가신 어머님 장례식을 치렀다. 죽은 안주인의 경우 20여 년을 당뇨 환자로 살았기에 아들과 며느리가 여간 고생을 한 것이 아니었다. 하지만 부부는 효심이 지극하여 어머님 병을 돌보는 데 혼신을 쏟았다. 때문에 주변에서는 효부 효자라는 소문이 날 정도였다.

그런데 어머님이 돌아가신 후로 이 집에는 불운이 지속적으로 발생했다. 아내를 끔찍이 여기던 아들은 갑자기 바람이 나서 아내와 다투는 일이 많아졌고, 수재 소리를 듣던 고등학생 딸은 명문대에 들어갈 수 있는 충분한 실력을 갖추었음에도 불구하고 수능시험 도중 갑작스러운 통증으로 시험 도중에 교실을 나오는 일이 연 3년 동안 발생했다.

이뿐만이 아니다. 건강했던 둘째 아들은 갑자기 알 수 없는 병이 들어 고생을 하기에 이르렀다. 이쯤 되자 며느리는 여기저기 용하다는 점쟁이들을 만나 답을 구하려 했는데 열이면 아홉이 산소를 잘못 썼다는 말을 하는 것이었다. 하지만 효심 많은 부부가 이 말을 듣고 당장 어떤 일을 벌일 수는 없었다.

문제는 집안 가족들에게 좋지 않은 일들은 지속적으로 벌어진다는 것이었다. 이해할 수 없는 일들이 계속 나타나자 하는 수 없이 산소를 이장하기로 했는데 정말로 놀라운 일이 벌어졌다. 시신을 묻은 지 8년이 지났는데 어찌 된 일인지 무덤은 온통 물이 고여 관이 떠 있을 정도였으며 시신은 전혀 부패되지 않은 상태로 남아 있었던 것이다. 무덤이 있던 자리는 비탈진 밭이어서 물 빠짐도 좋았고 땅 자체가 진땅이 아니었기에 이같은 사실을 확인한 가족들 모두는 놀라움을 금치 못했다.

이에 가족들은 회의를 거쳐 시신을 화장시키자는 데 합의를 하였고 결국 노인의 시신은 한줌의 재가 되어 산에 뿌려졌다고 한다.

그런데 대체 무슨 연유로 효심 많은 이들 부부에게 이같은 일들이 일어난 것일까? 한 무속인은 죽은 할머니에게 무언가 억울한 일이 있다고 했다. 이에 가족들이 곰곰이 생각해 본 결과 할머니는 죽는 날까지 결혼하지 않은 미혼으로 남아 있었던

것이다.

할머니는 처녀 시절인 70여 년 전 우연한 계기에 남자와 인연을 맺게 되어 하는 수 없이 두 번째 부인으로 시집을 갔다. 하지만 남자에게는 이미 본처가 있었기에 호적에는 오르지 못했던 것이다. 때문에 5남매를 낳아 키웠음에도 불구하고 할머니는 여전히 미혼으로 남아 있었다. 형식을 따진다면 처녀의 몸으로 일생을 마친 셈이다. 이에 무속인들은 죽은 후에도 그 한을 풀지 못해 서운한 마음이 가족들의 불행한 사건으로 이어졌다는 것이다.

그후 죽은 할머니의 영혼을 달래 주는 굿도 벌이고 가족들 역시 그런 할머니의 마음을 가슴속으로나마 안타깝게 여겼으며 이제는 불행한 사건의 연속이 멈추어졌다는 후문이다.

죽음을 부르는 버뮤다 삼각지대

　지금으로부터 83년 전 1925년 4월 18일 일본의 화물선 리히후쿠마루 호는 미국 보스턴을 떠나 독일 함부르크로 항해하고 있었다. 당시 이 배에는 밀이 가득 실려 있었다. 그런데 어찌 된 일인가. 버뮤다 섬 인근에서 이 배는 자취를 감추었다. 사고 당시 바다는 태풍이나 큰 파도도 없이 고요했다고 한다. 하지만 더 이상한 사실은 리히후쿠마루 호에 탔던 선원의 시체는 물론이고 난파당한 배의 파편 하나도 발견하지 못했다는 사실이다.

　그후 20년이 지난 1945년 12월 5일 미국 해군 수송기 5대가 14명의 승무원을 태우고 미국 플로리다의 해군 항공 기지에서 대서양으로 연습 비행을 떠났다. 다섯 대의 항공기 역시 버뮤다 삼각지대에서 갑자기 사라졌다. 미 해군에서는 항공모함과 비행기를 동원해 비행기가 사라졌다고 하는 일대의 바다를 이 잡듯이 뒤졌으나 일본의 화물선 리히후쿠마루 호와 마찬가지로 기체는 말할 것도 없고 파편 하나, 연료 한 방울조차도 찾지 못했다고 한다.

참으로 이해가 되지 않는 이 놀라운 일은 여기서 끝나지 않는다. 3년 후인 1948년 1월 19일에는 26명의 승객을 태운 영국 여객기가 똑같은 항로에서 흔적 없이 사라졌다. 참으로 놀라운 일이다.

하워드 로젠버그는 1973년 지난 세기 동안 이곳에서는 8천 건의 조난 신호가 있었고 50척 이상의 배와 20대 이상의 비행기가 사라졌다고 밝힌 바 있다. 또 어떤 사람들은 이 버뮤다 삼각지대에서는 콜럼버스 시대로까지 약 500년 동안 1000건이 넘는 사고가 발생했다고 말하기도 한다.

버뮤다 삼각지대. 이곳이야말로 뭐든지 흔적 없이 삼키는 악마의 바다가 아닐 수 없다. 버뮤다 삼각지대란 대서양의 마이애미, 버뮤다, 푸에르토리코를 연결하는 3각 지대를 말하는 것이다.

이 지역은 아주 오래 전부터 사람과 배와 비행기들이 어디론가 사라졌다는 전설이 있기도 하다. 때문에 버뮤다 삼각지대에 대한 사람들의 의견은 분분하다. 사악한 외계인설, 아틀란티스의 수정, 반중력 장치를 이용한 사악한 사람들의 납치 등등.

그런가 하면 조금은 과학적인 입장을 내세워 이상한 자기장의 폭풍과 바닷 속의 메탄 가스가 갑자기 위로 솟아나와 배가 침몰하게 되었다는 해석을 하는 이들이 있고, 또 번개, 허리케

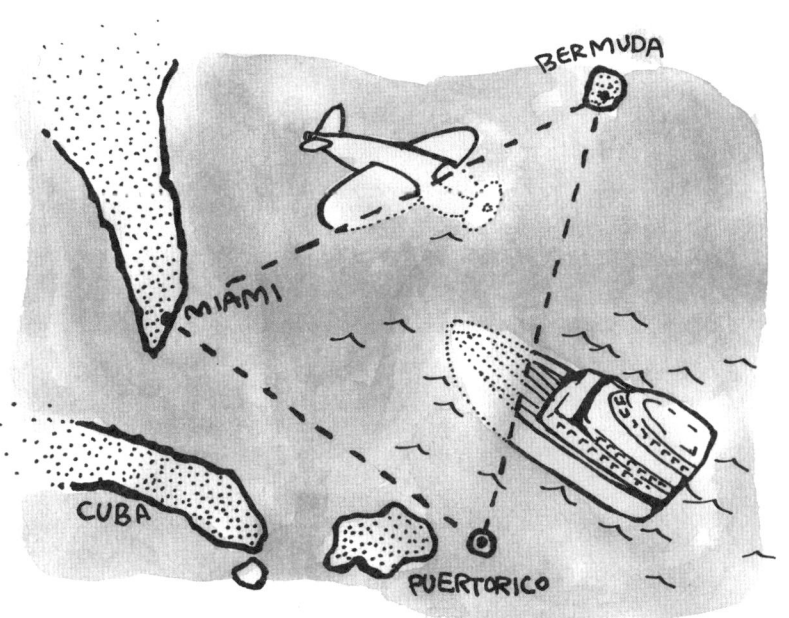

인, 해일, 지진, 높은 파도 등의 기상이변을 주장하는 이들도 있다. 일부 회의적인 사람은 이 지역이라고 해서 특별할 것은 없다고 한다.

조금은 설득력있는 해석이라고 하면 지금까지 버뮤다 지역에 대한 많은 책과 기사와 TV 프로그램이 이 버뮤다 미스터리를 가중시키고 있다는 것이다. 다시 말해 버뮤다 삼각지대 미스터리는 상업적인 매스 미디어에 의해서 과장되어 퍼지게 된 것들이라는 것이다.

하지만 어찌 되었든 이 지역에서 대형 사고들이 여러 차례 발생했고 사고 흔적을 찾지 못했다는 것은 사실이다. 그렇다면 아직도 버뮤다 삼각지대 사고에 대한 진실은 증명되지 않은 것이 분명하다. 그렇기 때문에 미스터리인 것이다.

이런 사실에도 불구하고 여전히 버뮤다 삼각지대 상공을 날아다니는 비행기는 있을 것이고, 이 지역을 항해하는 배들도 수없이 많다. 그런데 왜 최근 십여 년을 전후해서는 아무런 사고가 발생하지 않는 것인지 이 또한 알 수 없는 일이다.

중학생 소녀
키가 30cm

요즘은 초등학교 5, 6학년만 되어도 키가 160cm를 훌쩍 뛰어넘는 여자아이들이 많다. 오죽하면 초등학교에 가면 뒷모습을 보아서는 선생님인지 학생인지 알 수 없을 정도로 체격이 성숙한 아이들이 한둘이 아니라고 한다. 이쯤 되고 보니 키가 170cm 이상인 날씬한 미녀들이 거리를 활보하고 세계 미인대회에서 수상을 할 만큼 우리나라 여성들의 키는 급격히 신장했다.

이젠 더 이상 '작은 것이 아름답다'는 말이 통하지 않는다. 그런데 참으로 안타까운 일이 있다. 중학교에 다니는 15살 인도 소녀, 조티 암지의 사연이 그렇다. 이 소녀의 키는 30cm이며 몸무게는 4.95kg이다. 그야말로 갓난아기 수준이다.

신생아와 같이 앉아도 구분이 안 되는 '세상에서 가장 작은 소녀'인 조티는 친구들과 서면 키가 친구들의 무릎 정도에서 끝난다. 하지만 이 소녀의 정신적 수준과 지능지수 등에는 큰 문제가 없어 같은 또래 아이들과 똑같은 환경에서 수업을 받는다. 다만 소녀가 사용하는 책상, 걸상은 보통아이들 것과는 크기가 전혀 다른, 이를 테면 거의 장난감 수준이다.

조티의 키가 이토록 작은 것은 왜소발육증 혹은 소외증이라 불리는 선천적인 병에 걸려 더 이상 키가 자라지 않기 때문이다. 하지만 이목구비는 너무 뚜렷하고 말도 잘한다. 웃는 모습은 그야말로 인형만큼이나 깜찍하고 예쁘다. 그러니 가는 곳마다 소녀는 사람들의 시선을 주목시킨다.

한편 조티는 옷뿐 아니라 포크와 나이프, 그릇, 액세서리 등을 모두 특별 제작해서 사용하고 있다고 한다.

장애를 갖고 태어났지만 정상적인 아이들 못지 않게 건강하게 성장하며 학교에 다니는 조티. 노트에 필기를 하는 모습을 보면 노트가 너무 커 보여서 안타깝기도 하지만 최선을 다하는 모습을 보면 오히려 감동이 느껴진다.

요즘 아이들은 잘 먹고 건강해서 신장이 매우 커져 있다. 문제는 몸은 어른인데 하는 행동이나 생각은 오히려 신체 성장에 못 미치는 수준이라는 것이다. 큰 체격도 좋지만 세상이 필요로 하는 소중한 한 사람으로 성장하는 것은 더욱더 중요한 일이다.

자고 나면 사라지는 호수

지구촌 곳곳에서는 하루가 멀다 하고 각종 신비스러운 일들이 일어나고 있다. 또한 신비스럽다는 생각을 하기 전에 큰 재앙으로 다가와 수많은 사람들의 생명을 위협하는 무서운 일도 수시로 발생하고 있다.

칠레 남부 파타고니아 주 마가야네스 지방에서는 한 호수가 하루 밤 사이에 사라져 버리는 일이 발생했다. 옛날 이야기 속에서나 나옴직한 일이 벌어진 것이다. 이 호수는 본래 크기가 운동장 10개 넓이로, 빙하가 녹은 물이 가득 차 있었다. 그러니 호수가 어느 날 갑자기 사라질 것이라는 생각은 그 누구도 하지 못했다. 하지만 믿기지 않은 일이 벌어졌다. 호수가 사라진 것이다.

이 호수 근처에 사는 사람들은 기절을 할 일이다. 어쩌면 더 큰 재앙이 나타날지 몰라 몸을 떨고 있을지도 모른다. 전문가들의 조사 결과 호수 바닥은 크게 갈라져 있는 것으로 확인됐다. 전문가들은 인근 지역에 지진이 자주 발생한 것과 관련하여 지진이 호수 바닥에 균열을 가져온 것으로 분석했다. 그런데 더욱 놀라운 것은 그로부터 1년 후, 이 지역에서는 또 하나의 호수가 감쪽같이 사라지는 일이 벌어졌다. 사라진 까세 호수 또한 저수량이 수천억 리터에 달하는 대형 호수였다.

이번에는 호수가 사라진 이유가 분명했다. 인근 지역의 빙하가 녹아내리면서 저수량이 많아지자 호수 바닥이 침하됐던 것이다. 호수 바닥을 지난 물은 지하 5km 정도를 흘러 인근 베이크 강으로 유입됐다. 당연히 베이크 강은 갑작스런 수량 증가로 물의 흐름이 바뀌기도 했다.

지구 온난화로 빙하가 녹으면서 곳곳에 지각 변동이 일어나고 있다. CBS 인터넷판은 캐나다 빙하가 녹으면서 지각이 변동해 미국 시카고가 매년 1mm씩 가라앉고 있다는 미 노스웨스턴 대학 연구팀의 연구 결과 발표를 보도했다. 미국-캐나다 지구물리학협회 공동회의에 참석한 연구팀은 캐나다의 지형은 높아지는 반면, 미국의 지반은 내려가고 있다고 분석했다.

이에 따라 물의 흐름도 변화를 보이고 있는 것이다.

캐나다의 물이 미국 쪽으로 흘러가고 있는 것이다. 물은 이번 연구에서 조금씩 가라앉고 있는 것으로 나타난 시카고 해변으로도 흘러가고 있는 것으로 조사됐다.

한편 지구물리학연구지 GRL은 북극의 빙하가 오는 2040년까지 녹아 없어진다는 전망을 실었다. 앞서 미국 빙설자료센터는 오는 2060년 북극 빙하가 사라질 것이라는 예측을 내놓기도 했다. 지구 온난화에 따라 북극 빙하가 사라지면서 생태계의 변화도 속속 감지되고 있다.

지구 온난화로 북극 빙하가 녹아 내리면서 해수면이 높아질 것이 우려되는 가운데 아이슬란드에서는 이상 한파와 북극 곰의 출현을 우려하는 상황이 연출되고 있다고 영국 일간지 데일리텔레그래프가 4일 보도했는데 실제로 이아슬란드에서는 지난 1993년까지 곰이 목격된 바 있다.

미국 항공우주국, NASA는 그린랜드에서만 매년 53m³의 빙하가 사라지고 있으며, 이는 10년 전의 2배에 달한다고 전하고 있다. 21세기 들어 자연환경은 더 빠른 속도로 변하고 있다.

국내의 경우만 해도 봄가을이 짧아지는 현상이 두드러지게 나타나고 있으며, 과거에는 남부 지방에서만 재배가 가능하던 일부 유실수들이 지금은 중부 이북에서도 재배되고 있는 게 사실이다. 이는 기후 변화에 의한 것으로 환경 파괴, 지구 온난화 등과 무관하지 않다는 얘기다. 우리 인류는 우리에게 주어진 환경을 어떻게 지켜나가느냐에 따라 향후 인류의 생존과 멸망도 뒤따를 것이다.

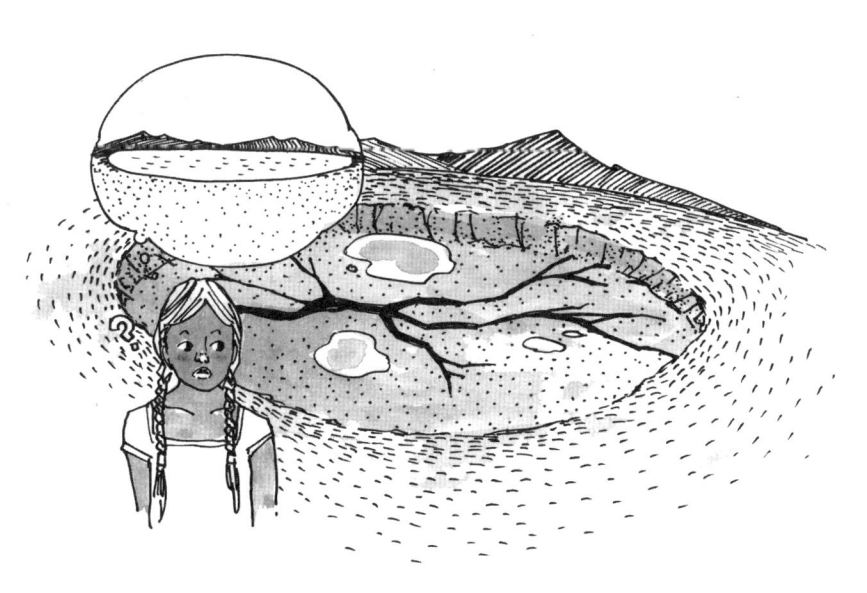

산 정상을 잇는
3km 케이블카

　　과학의 발달은 전 분야에 걸쳐 하루가 다르게 새롭고 놀라운 사실들을 쏟아놓고 있다. 과거에는 상상도 할 수 없는 일들이 현대에는 곳곳에서 그 모습을 드러낸다. 무더운 모래 사막지대에 위치한 두바이에는 한여름에도 스키를 탈 수 있는 최첨단 실내 스키장이 있는가하면 우리나라에도 바다 속으로 승용차들이 달려갈 수 있는 해저터널이 생겨난다. 또 우리나라 제1호 지구인인 이소연 씨는 우주에 가서 여러 가지 실험과 임무를 마치고 돌아왔다.

　　이처럼 요즘 시대는 무섭게 변해가고 있다.

　　이런 가운데 모든 분야에서 '처음' 또는 '최고', '최장' 등의 수식어를 붙이면서 새로운 것들을 보여 주며 놀라게 하는 일들도 많아졌다.

　　자연이 살아 숨쉬는 땅 캐나다. 그곳에서는 최근 최장거리인

3㎞의 대형 케이블카가 건설되고 있는 중이다. 스키장으로 유명한 휘슬러와 블랙콤 사이에 건설되고 있는 이 케이블카는 2010 밴쿠버 동계올림픽을 겨냥한 사업으로 투입 비용만도 5천100만 달러에 달할 정도다. 2008년 말 케이블카가 완공될 것으로 예상되는 이 지역의 휘슬러−블랙콤은 각각 100여 개의 코스를 가진 대형 리조트 단지로 유명한 곳이다.

휘슬러 산의 높이는 2천464m로 케이블카의 설치 높이는 중간 계곡에서 415m에 달하며 케이블카는 3km 구간을 11분에 주파할 수 있게 된다. 각 곤돌라에는 28명이 탑승할 수 있으며, 시간 당 4천 명이 이동 가능하다. 휘슬러와 블랙콤이 케이블카로 연결되면, 케이블카만으로 록키 산맥을 둘러볼 수 있게 될 전망이다.

이쯤 되고 보면 캐나다는 동계올림픽도 멋지게 치르고 새로운 관광코스도 만들게 되어 두 마리 토끼를 동시에 잡는 일이 된다. 우리나라의 경우 천혜의 관광자원이 많은데다 산이 전체 면적의 70%를 차지하고 있어 아이디어만 잘 발휘하면 캐나다 못지 않은 관광 명소들을 만들 수도 있는데 문제는 환경 파괴를 하지 않고 만들어야 할 것이다.

남성들도 앉아서 소변을

"이대리는 앉아서 소변 본다면서⋯⋯."

"참 부장님도. 제가 여자입니까? 아니면 어린애입니까? 앉아서 오줌을 누게."

"솔직히 말해 봐. 지난번 김과장하고 술 마시다가 본인이 얘기했다고 하던데 뭘. 마누라가 시켜서 어쩔 수 없이 앉아서 소변 본다구."

드라마나 영화 속 한 장면에 나오는 이같은 대사가 요즘 들어서 회사원들 사이에 심심찮게 재연되고 있다. 다 큰 남자가 앉아서 소변을 본다면 100년 전 돌아가신 조상이 나타나 큰 호통을 칠 법도 한 일인데⋯⋯.

시대가 변하다보니 화장실도 변하고 이제는 남성들의 소변 보는 자세에도 일대 변화가 예고되고 있다. 앞으로는 남성들이 앉아서 소변을 보는 것이 당연시될 수 있을 것 같기 때문이다.

최근 들어 일본 가정에서는 양변기에 앉아서 소변을 보는 남성들이 늘어나고 있다고 전해지는 가운데 우리나라 여성들도 남성들이 앉아서 소변을 보는 것이 좋다는 데 동의하고 있다.

일본의 대표적인 전기제조회사 마쓰시다전공이 지난 2007년 30~50대 부부 500쌍을 대상으로 인터넷 설문 조사를 실시한 결과 앉아서 소변을 보는 남성이 49%에 달하는 것으로 나타났다. 설문 조사 결과 여성 응답자의 경우 '남편이 언제나 앉아서 본다' 53% 등 59%의 남편이 앉아서 소변을 본다고 답했으며, 남성 응답자의 경우 '언제나 앉아서 본다' 27% 등 40%가 스스로 앉아서 소변을 본다고 답했다. 특히 앉아서 소변을 보는 남성의 비율은 지난 1999년 조사 때보다 3배에 달하는 것으로 나타났다.

실제로 지난 2002년 일본의 한 변기 제조업체가 주부들을 대상으로 조사한 결과에서는 응답자의 14.7%만이 '남편 또는 아들이 앉아서 소변을 본다' 고 답하기도 했다.

연령별로는 30대 46%, 40대 38%, 50대 37% 등 나이가 젊을수록 앉아서 소변을 보는 비율이 높은 것으로 나타났으며 앉아서 소변을 보는 세태는 갈수록 확산될 것으로 보인다.

마쓰시다전공 측은 "서서 소변을 보면 물이 튀기 때문에 앉아서 소변을 보는 경우가 화장실 청소하기 편하다."며 "남편들이 아내의 요구에 따라 앉아서 소변을 보는 경우가 늘어날 것"

이라고 전망했다.

이쯤 되고 보면 우리나라 남성들도 앉아서 소변을 보는 것이 더 이상 어색하지 않은 듯싶다. 일본이나 우리나라나 양변기 사용은 보편화되어 있는 상황이다. 최근에는 농촌에 가도 재래식 화장실이 거의 보기 드물 정도며, 수세식 양변기 사용과 비데 사용은 현대인에게 당연한 일로 여겨진다.

국내 여론조사기관 리얼미터의 조사에 따르면 우리나라 남성의 50.5%는 '항상 서서 소변을 본다' 고 응답했으나, 24.4%는 '거의 앉아서 소변을 본다' 고 답한 것으로 나타났다. 또 '가끔 앉아서 본다' 는 응답이 22.8%로 47.2%의 남성이 항상 또는 가끔 앉아서 소변을 보는 것으로 조사된 것이다. 우리나라 여성들 대다수는 남성도 앉아서 소변을 보는 것이 좋다고 생각하는 것으로 조사되기도 했다.

비데 회사 노벨라가 10대 이상 남녀 네티즌 487명을 대상으로 설문 조사를 실시한 결과, 여성 176명 중 80.3%가 '남성도 앉아서 소변을 보기를 원한다' 고 답한 것으로 나타났다. 이중 68.8%는 남성이 앉아서 소변을 보아야 하는 이유로 '위생 문제' 를 지적했다. 서서 소변을 볼 경우 좌변기 주변이 더러워지는 게 사실이다. 때문에 물청소나 걸레로 닦아 주어야 하므로 특히 가정에서 화장실을 함께 사용하는 여성들 입장에서는 짜증나고 화나는 일이 된다.

그리고 우리나라 혼례 풍습에는 혼례를 앞두고 화로에 소변을 보게 해 사윗감의 정력을 테스트했다고 한다. 하지만 앞으로는 상견례 때 사윗감의 위생 상태를 점검하기 위해 소변보는 자세를 물어올 지도 모를 일이다.

앞으로 수많은 남성들이 이렇게 외쳐대지 않을까 싶다.

'서서 보느냐 앉아서 보느냐 그것이 문제로다.'

60살에 출산을 한
할머니 엄마

'야구는 9회 말부터, 인생은 60부터'

전 세계적으로 고령화 속도가 빨라지면서 선진국에서는 실버 산업이 호황을 이루고 있다. 우리나라의 경우 실버 산업의 호황에 앞서 노인 문제가 사회 문제화 되고 있는 상황이다. 하지만 노인 인구가 급증하면서 이제는 60살이라고 하면 '아직은 청춘이다'는 말이 나올 정도다. 이쯤 되다 보니 노인들의 성생활도 예전과는 많이 달라졌고, 이에 따라 여성들 중에는 60대임에도 불구하고 임신이 가능한 이들도 나타나고 있다.

60대 여성들이 이색 임신 · 출산 대열에 합류하면서 젊은이들 못지 않은 기력을 과시하고 있는 것이 바로 그것이다. 지난해 일본 언론들은 한 60살 독신 여성이 수정란을 이용한 임신에 성공하면서 출산을 기다리고 있다는 소식을 전했다.

일본에서는 제3자 수정란 제공이 금지되고 있으나, 이 여성

은 미국으로 건너가 제3자로부터 수정란을 제공받은 것으로 전해졌다. 그녀가 늦은 나이에 임신에 나선 것은 오로지 아이가 갖고 싶었기 때문이다.

이 여성은 이미 폐경기를 지난 상태였지만 임신 유도 호르몬을 투여받아 임신이 가능했다.

그녀는 미국에서 임신을 한 후 다시 일본으로 건너와 나가노현의 불임전문 병원으로부터 출산 관리를 받았다.

일본에서 60살 여성의 임신·출산이 보고된 것은 이번이 처음은 아니다. 지난 2000년에는 또 다른 일본 여성이 역시 미국에서 체외수정을 통해 임신에 성공, 이듬해 일본에서 제왕절개 수술로 출산에 성공한 바 있다.

60살 출산은 지금까지 일본 최고령 출산 기록이다. 당시 일본 후생노동성은 고령 임신의 위험성 때문에 폐경기를 넘긴 여성이 난자를 제공받을 수 없도록 하는 방안을 검토하기도 했으나, 나이가 많다는 이유만으로 새 생명에 대한 기대를 막을 수는 없다는 것이 다시 한 번 입증됐다.

그런가 하면 지난 2005년에는 50대의 일본 여성이 딸 부부의 대리모를 자처해 세상의 주목을 받기도 했다. 이 여성은 자궁 적출 수술로 임신을 할 수 없는 딸을 대신해 딸 부부의 수정란을 받아 출산에 성공한 것이다. 딸 대신 아이를 낳은 어머니는 자신의 호적에 아이를 올린 뒤 다시 딸 부부에게 입양시킨 것으로 전해졌다. 일본에서도 대리 출산은 금지되고 있으나 모녀간에 맺어진 신사 협정(?)까지 법이 간섭할 수는 없었던 셈이다.

뉴질랜드의 셜리 피터슨 할머니의 경우를 보면 60살이 폐경기를 넘겼다고는 해도 새로운 인생을 도전하기에 그리 많은 나이는 아닌 듯싶다. 79살로 3명의 손자를 두고 있는 피터슨 할머니는 한 육상클럽의 3단 뛰기 대회에 참가해 6.3m라는 경이적인 기록을 냈다. 이는 같은 연령대 세계 기록에 1m나 앞선 기록으로 조사됐다. 이 할머니는 지역 육상 클럽에서 40여 년 동안 회원으로 활동하며 60대 이후로도 허들, 멀리뛰기 등에서 세계 기록을 세운 경력을 자랑하고 있다.

그런데 한국에서 60대 여성이 출산을 한다면 사회의 반응은 어떨까?

"주책 맞은 여편네."

"미쳐도 한참 미쳤지. 자식들을 어떻게 보려구."

아마도 40대 이후의 사람들은 이렇게 말할 것이다. 하지만 10대나 20대 젊은층은 다를지도 모른다.

"그 할머니 능력 있네. 출산은 개인의 자유 아니야."라고.

등신불(等身佛)이 된 신라의 왕자

작가 김동리(金東里)가 1961년 11월 사상계 101호에 한 단 편소설을 발표한다. 작품 속 주인공 '나'는 일제 시대 학병으 로 징집되었다가 탈출하여 정원사라는 절에서 몸을 피하는데 그 곳에서 그는 금으로 만든 불상인 등신불을 보게 된다. 이는 당나라 시대 '만적'이라는 스님이 인신 공양을 하고 타다 남은 몸에 금을 입힌 것이었다. 정원사의 원혜 대사는 주인공에게 등신불의 유래를 이야기해 준다.

우리나라 사람들에게 등신불은 소설 속의 이야기로만 전해 져 내려왔다. 등신불이란 입적한 스님의 모습이 살아생전 모습 그대로 유지되어 금칠 또는 옻칠을 하여 불상으로 만들어진 것 을 말한다. 하지만 등신불이란 현대 과학으로도 설명하기 어려 운 부분이 많다. 앉은 자세로 죽은 스님을 죽은 후 3년 동안 항 아리에 넣어 모시다가 다시 꺼냈을 때 시신이 썩지 않아야 하는데 현대 과학 문명이라면 인위적으로 가능케 한다지만 과거 수백 년 전에 어떻게 이게 가능할 수 있겠는가. 때문에 등신불은 대두분의 사람들 마음속에서나 소설 속에 존재하는 위대한 존재로 여겨질 수밖에 없다.

그래도 의문은 생긴다. 등신불이란 과연 존재하는 걸까?

놀랍게도 등신불은 존재하고 있다. 중국 안휘성 구화산에는 중국에서 유일하게 등신불이 존재하는 곳이다. 해발 1352m의 고지인 이곳은 비가 많고 습한 곳이어서 오랜 세월 동안 썩지 않고 등신불이 될 수 있었다는 것은 과학적으로도 풀리지 않는 신비다. 더욱 놀라운 것은 등신불의 주인공이 바다를 건너 중국으로 온 신라 왕자 김교각이었다는 사실이다.

신라에서 당나라에 건너가 당대 제일의 고승이 된 김교각(696~794) 스님은 역사가들에 의해 신라의 성덕왕 큰 아들로 알려져 있다. 김교각 스님은 신라 시대 김수충이라는 인물로 보통 사람들 10여 명과 대적할 수 있을 만큼 체격이 좋았으며 경덕왕의 세 아들 중 첫째 아들이라고 한다. 하지만 어느 날 그의 동생인 둘째 아들이 세자에 책봉되고 김수충의 어머니는 궁궐에서 쫓겨나고 만다. 그리하여 김수충은 신라를 떠나 당나라의 깊은 산속으로 들어가게 된다. 이곳이 바로 안휘성 구화산이다. 당시에는 이곳에 사찰이 없었다고 한다. 워낙 산세가 험한 곳이어서 산을 오가는 사람들도 많지 않은 곳이었다.

당시 중국은 755년 당나라에서 안사의 난이 일어나 나라 전체가 폐허가 되었던 시기로 백성들이 하루하루 삶을 살아나가기도 힘겨운 상황이었다. 이에 김교각 스님은 구화산으로 가는 길에 있는 마을 중생들과 가까이하면서 지장 신앙을 실천해 나갔다. 겨울에도 삼베옷을 입었고 직접 농사를 지어 생계를 어려운 민중에게 의지하지도 않았다. 백성들을 위하여 기도했다. 그는 당시 흉흉했던 민심을 보듬어 안았고, 그런 그의 삶은 민중들로부터 전폭적인 지지를 이끌어냈다.

그러자 그의 소문이 널리 퍼져 당나라 황제는 스님이 수행하던 절에 직접 절 이름을 지어 편액을 내렸으며, 서기 757년 스님의 신앙 세계를 높이 받들어 금인을 하사하였다.

김교각 스님은 99살에 열반에 들었고 죽은 김교각 스님의 시신을 항아리에 모셨으나 3년이 지나도록 썩지 않고 생시 모습 그대로 보존됨에 따라 다비, 즉 화장하지 않고 온몸에 금을 입혀 탑 속에 봉안, 육신보전이란 전각을 지어 지금까지 모시고 있다.

이같은 사실은 여러 고서에서 확인되었고 역사학자들에 의해서도 사실로 평가받고 있다. 다만 김교각 스님의 인생에 대해 전문적으로 기록된 책자가 없으며 여러 고서에서 나타난 스님에 대한 이야기는 연도가 제각각 다르다고 한다.

여하튼 등신불이 된 김교각 스님은 지금까지 중국 땅에서는 보살로 추존되고 있다. 또한 구화산에는 현재 99개의 절이 있으며 이곳에서 수행하는 승려들만도 수천여 명이라고 한다. 따

라서 구화산은 중국에서는 불교의 성지 중 한 곳으로, 지금도
수많은 사람들이 이곳을 찾고 있다.

침팬지 기억력이 대학생보다 낫다

돌고래의 아이큐가 60이라고 한다. 만물의 영장인 인간 다음으로 지능 지수가 높은 존재다. 사람이 시키는 대로 돌고래가 쇼를 잘하는 것도 아마 이런 이유 때문이 아닌가 싶다. 돌고래 다음으로 머리가 좋은 동물은 다름 아닌 침팬지다. 침팬지의 아이큐는 50 정도라고 한다. 그런데 놀랍게도 아이큐 50인 침팬지가 사람보다 더 기억력이 좋다는 사실이 밝혀졌다. 물론 모든 경우는 아니지만 때에 따라서는 그렇다는 얘기다.

일본 교토대 영장류 연구소에서는 침팬지와 대학생들을 대상으로 한 실험에 들어갔다. 실험 대상은 5살 침팬지와 어미 침팬지, 그리고 교토대의 우수한 학생 12명이었다. 일본의 명문대 우수학생과 침팬지의 비교 실험이라면 누가 보아도 더 이상 말할 꺼리가 안 되는 일이다.

하지만 종종 예상치 않은 결과가 나오기도 한다. 이번 실험

역시 그렇다.

실험 대상자가 된 침팬지들은 6개월간 컴퓨터 화면을 통해 숫자를 익혔으며, 그로 인해 숫자 1~9를 알고 있는 상태다. 실험은 컴퓨터 화면에 9개 숫자를 나열해 보여 준 뒤, 숫자를 가린 상태에서 나열됐던 숫자를 차례대로 연상해내는 것이었다.

침팬지와 대학생들의 순간 기억력을 비교 테스트하기 위한 것이다.

그러나 결과는 안타깝게도 침팬지의 승리로 끝났다.

5살 침팬지가 가장 빠르게 숫자를 기억해냈다.

0.7초 동안 숫자를 보여 준 경우 5살 침팬지와 대학생들은 80점의 비슷한 성적을 거뒀다.

하지만 숫자를 0.2초간 보여 주자 대학생들은 40점에 그친 반면, 5살 침팬지는 여전히 80점의 높은 점수를 보였다.

이 실험을 증명이나 하듯 미국에서는 원숭이와 대학생들의 암산 대결이 이어졌다. 미국 듀크대 연구팀은 원숭이 두 마리와 14명의 듀크대 학생들을 상대로 컴퓨터 화면에서 덧셈을 하도록 했다. 실험 결과 원숭이와 대학생들의 실력은 엇비슷하게 나타났다. 다만 이 실험에서는 대학생들에게 입으로 숫자를 셀 수 없도록 제한을 가했던 것이 변수였다.

학교 측은 대학생들이 입으로 숫자를 세면서 셈을 했으면 점수가 더 높았을 것으로 전제하고, 언어라는 도구가 없을 경우 원숭이와 인간의 셈 능력에 크게 차이가 없을 것이라고 결론을 지었다.

　교토대 영장류 연구소의 반복된 실험은 대부분의 어린 침팬지들이 성인에 비해 숫자 기억력이 뛰어나다는 것을 보여 주었다. 그나마 어미 침팬지가 순간 기억력에서 대학생들에게 뒤지는 것으로 나타난 것이 위안거리라고나 할까?

　이런 것을 보면 인간은 현재 지구를 지배하면서 수많은 동식물들을 가볍게 여기고 함부로 하는데 반성이 필요한 부분이 아니가싶다. 세월이 더 흐른 뒤에는 영악한 침팬지와 원숭이들이 컴퓨터를 교란시켜 인간을 공격하는 일이 발생할지도 모를 일이니까.

호랑이와 돼지의 족보는?

전혀 어울리지 않을 것 같은 만남이 있다. 하지만 처음부터 적이란 없는 것이고 물과 기름도 환경에 따라서는 융화될 수 있는 게 아닐까.

태국 방콕 근교의 시라차 동물원으로 가 보자. 이곳에서는 아주 특별한 광경을 보게 된다. 이 동물원은 맹수와 가축을 같은 우리에서 함께 지내게 해 사람들의 흥미를 불러일으키고 있다. 물론 가축들을 생명의 위험에 노출시키고 있다는 동물 애호 단체의 비판이 없는 것은 아니지만……

이 동물원에서는 특히 돼지들과 호랑이들이 한데 어울리는 모습이 이채롭다. 어느 우리에서는 커다란 어미 돼지가 새끼 호랑이에게 젖을 물리는가 하면, 또 다른 우리에서는 새끼 돼지들이 어미 호랑이의 품에서 평화롭게(?) 잠을 청하고 있다. 그런데 이들 새끼 돼지들 중에는 호랑이의 모습을 하고 있는 녀석들이 있다. 온 몸에 호랑이 줄무늬가 선명한 것이다. 그러나 자세히 들여다보면 돼지들은 호랑이 무늬 조끼를 입고 있는 것이 확인된다.

어떻게 된 일일까?

사연은 미국 캘리포니아의 한 동물원에서 시작된다. 이 동물원에서 호랑이 한 마리가 새끼 호랑이 세 마리를 낳았다. 하지만 임신 중 합병증과 조산으로 인해 새끼 호랑이들은 곧 죽고 말았다. 어미 호랑이의 건강도 급격히 악화됐다. 동물원 측은 어미 호랑이를 불쌍히 여겨 양자를 들이기로 했다. 그래서 선택된 것이 새끼 돼지들이었다. 어미를 잃은 새끼 호랑이를 구하기가 쉽지 않았던 것이다. 새끼 돼지들에게는 호랑이가 친근감을 느끼도록 호랑이 무늬의 털가죽 옷이 입혀졌다.

하지만 위험한 일이긴 했다. 자칫하면 이들 새끼 돼지들은 자식을 잃은 어미 호랑이의 밥이 됐을 수도 있을 터였다. 그러나 다행히도 어미 호랑이는 새끼 돼지들을 젖을 먹여가며 자기 자식처럼 돌봤다. 이들 어미 호랑이와 새끼 돼지들은 태국의 시라차 동물원에 옮겨졌다. 새끼 돼지들은 태국에서도 여전히 가죽 옷을 입은채 생활했다.

이에 대해 국제 동물복지 재단은 이 동물원이 동물을 학대하고 있다며 고소하기도 했다. 반면 "호랑이를 위한 의미있는 시도였다."거나 "새끼 돼지들이 호랑이에게서 사랑을 받고 있다."는 등의 엇갈린 목소리도 더러 나오고 있다.

네티즌들은 "돼지들이 더워 보인다.", "호랑이가 돼지들이 자라기를 기다려 잡아먹으려 한다."는 등 흥미로운 반응을 보였다. 또 네티즌 중 한 사람은 "왜 세상 사람들은 저들처럼 함께 어울릴 수 없을까?"였다.

환경이란 이처럼 중요하다. 외로운 사람에게는 사람이 소중하고, 약탈을 꿈꾸는 자에게는 오로지 재물만이 중요하다. 내 자식이 소중한 만큼 남의 자식도 소중히 여기는 사람이 있는가 하면 내 자식은 소중히 하되 남의 자식은 그저 먼 이웃으로만 여기는 이들도 있다. 피부색이 달라도 언어가 달라도 호랑이와 돼지의 만남처럼 현대인들도 서로를 끌어안고 이해하고 사랑하는 세상을 만드는 데 노력해야 하지 않을까.

마리화나는
자판기를 이용하세요

'환각제를 자동 판매기에서 살 수 있다'

아무리 개인의 자유가 보장된 나라라고는 하지만 소화제나 음료수가 아닌 마리화나를 자판기에서 구입할 수 있다는 것은 특별한 뉴스거리가 아닐 수 없다.

실제로 미국 로스앤젤레스에는 대마초 자판기가 등장했다. 미국에서도 한국과 마찬가지로 대마초는 원칙적으로 불법이다. 연방법에서 엄격히 금지하고 있기 때문이다. 다만, 캘리포니아 등 몇 개 주에서는 대마초를 의료용으로 사용할 수 있도록 하고 있다. 대마초는 환자에게 진통제 등으로 이용된다. 물론 LA 대마초 자판기에서 판매하는 대마초 역시 의료용이다.

미국 내에서 대마초 자판기가 설치된 것은 LA가 처음이다. 네덜란드 등 대마초가 허용되는 일부 국가에서는 대마초 자판기가 국지적으로 등장하기도 했다.

그런데 미국의 경우 의료용 대마초를 허용한 주들마다 대마초에 대한 규정은 각기 다르다.

LA의 경우 대마초 자판기에서는 1주일에 28.35그램까지만 구입할 수 있다. 판매 대상은 사전에 대마초 사용을 허가 받은, 처방전을 가진 환자들이다. 자판기에는 지문 인식 장치가 있고, 구매를 위해서는 선불 카드를 이용해야 한다.

절차만 까다로운 것이 아니다. 금지 약물인 만큼 보안 시스템도 만만치 않다. 자판기는 무장 경비원이 삼엄하게 지키고 있는가 하면 비디오카메라까지 설치돼 일반인들은 접근조차 할 수 없다. 마약 단속국도 CCTV를 통해 24시간 감시한다고 한다. 이쯤 되면 차라리 약국에서 팔 일이지 뭐하러 자판기를 통해 파는가에 대해서 의심이 들 정도다. 하지만 미국이라는 나라는 우리와는 다른 게 분명하다. 점포형 의료용 대마초 판매상에 비해 오히려 강·절도 예방 효과는 뛰어나다는 것이 판매상의 주장이다.

또 일반인들에게는 접근 금지 구역이지만, 대마초 처방을 받은 경우 다른 사람의 눈치를 보지 않고 쉽게 구입할 수 있다는 것이 자판기가 주는 혜택이라고 한다. 이유야 어찌 됐든 인체에 큰 영향을 미치는 의약품 아니 환각제를 거리의 자판기에서 판매한다는 것은 그다지 즐거운 일은 아닌 듯싶다.

흔적을 감춘
마추픽추의 사람들

참으로 알 수 없는 노릇이다. 누가 살았고 언제 살았는지, 그리고 그들의 최후는 어떻게 되었는지 여전히 베일에 싸여 있는 '하늘의 정원', 또는 '공중의 도시'로 불리는 잉카 제국의 잃어 버린 도시이자 세계문화유산인 마추픽추가 그렇다.

'마추픽추'란 늙은 봉우리란 뜻으로 페루 중남부 안데스 산맥에 있던 고대 잉카 제국의 요새 도시의 이름이다. 쿠스코에서 북서쪽으로 약 80km 떨어진 곳 우루밤바 강 계곡 해발 2천550m에 위치한 이곳은 2개의 뾰족한 봉우리 사이 말안장 모양의 지역으로 워낙 높은 곳에 숨어 있었기에 스페인 침략자들에게 발견되지 않았다.

마추픽추가 현대인들에 의해 발견된 것은 1911년, 예일대학교의 히람 빙엄에 의해 발견되었다. 이곳은 콜럼버스의 신대륙발견 이전에 세워진 도시로 거의 외부 사람의 손이 미치지 않은채 간직된 보기 드문 경우다. 면적은 13km²이고 신전 하나와 3,000개가 넘는 계단과 연결된 테라스식 정원으로 둘러싸인 성채가 하나 있는데 적어도 몇천 명의 사람들이 이곳에서 살았다는 것을 의미한다.

그런데 이곳에 대한 역사학자들의 의견은 분분하다. 어떤 이는 16세기를 전후해 남미에 거대한 왕국을 형성했던 잉카인들이 1532년 스페인 사람들에게 정복을 당한 이후 황금 등을 갖고 도망쳐 비밀기지로 건설했다는 잉카의 수수께끼 도시 '비르카람바'라고 하는가 하면, 또 어떤 이들은 종교 의식과 천문 관측을 위해 사용된 종교 중심지이자 아마존과 잉카를 연결한 물류와 교역 중심지였다는 설도 있다. 그런가하면 잉카 왕의 여름 별장이었다는 주장도 있다. 결론은 속 시원한 정답은 없다는 것이다.

그래서일까. 마추픽추는 현대인들에게 더욱더 신기한 장소일 수밖에 없다. 세계 7대 불가사의 중 하나로 불릴 만큼 마추픽추는 신비스럽고 특별한 곳임엔 틀림이 없다. 절벽의 산 꼭대기에서 사람들은 어떻게 살았는지, 그 절벽에 켜켜이 만들어놓은 계단식 경작지는 어떻게 만들 수 있었는지, 그리고 그곳의 사람들은 다 어디로 갔는지 그 흔적조차 알 수 없기 때문이다.

그런데 최근 들어 이 마추픽추가 몸살을 앓고 있다. 신비스러운 곳이다 보니 전 세계에서 매일같이 하루 1500여 명의 여행객들이 500년 된 64km의 잉카 트레일 도보 여행에 나섬으로써 돌계단과 화강암 테라스로 된 잉카 제국 통신로가 훼손될 수밖에 없는 상황에 처한 것이다. 또 마추픽추 주변에 새 도로가 생기고, 400m 높이 바위산 정상 유적지 입구 마을까지 호텔이 급속히 늘어나고 있기 때문이다. 게다가 1970년대 유적지 내 헬기 착륙 허용으로 일부가 손상되었고, 지난 2000년에는 맥주 광고 선전을 촬영하다가 마추픽추 최고점에 있는, 돌로 만든 해시계 인티와나타가 일부 깨지는 일까지 벌어지기도 했다.

상황이 이쯤 되자 유네스코(유엔교육과학문화기구)에서는 위험 경고 메시지를 페루 당국에 보냈다. 마추픽추는 물론이고, 쿠스코를 출발해 걸어서 아프리막 계곡을 거쳐 마추픽추에 이르는 잉카 트레일 관광 코스의 관광객 수를 하루 800명 선으로 대폭 통제하는 등 세계적인 유적지의 관리에 신중을 기해 줄 것을 요청한 것이다. 유네스코 측은 페루 정부가 권고 사항을 따르지 않을 경우 마추픽추를 위험한 문화유산 리스트에 올려 세계문화유적을 관리하는 데 있어 페루 정부에 도의적 제재를 가하는 방안까지 검토 중이라고 한다.

하지만 이곳 입장료는 1인당 20달러로 연간 600만 달러의 관광 수입을 페루에 안겨 주는 만큼 페루 정부로서는 관광지로서의 유명세를 더욱 홍보하고 있는 상황이다. 일례로 알레한드로 톨레도 페루 대통령은 2001년 7월 취임식을 마추픽추에서 거행함으로써 페루 최대 관광지의 이미지를 높이는가 하면 코피 아난 유엔 사무총장을 마추픽추에 초청하기도 했다.

한편 최근에는 영국과 미국 조사단이 마추픽추 인근 밀림에서 2.6km² 이상에 흩어져 있는 신전 등 새 유적지를 발견했다고 한다. 과연 마추픽추의 비밀이 풀릴지는 두고 보아야 할 일이다. 여행을 좋아하는 사람이라면, 역사에 관심 있는 사람이라면 한 번쯤은 반드시 가보고 싶은 곳, 마추픽추. '그곳에 가고 싶다'는 이들은 갈수록 늘어만 가고 있다.

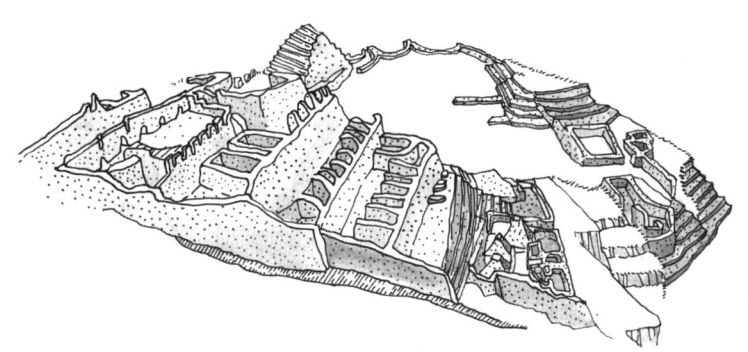

SuPrise

상상 초월 미스터리!

'절대'가 통하지 않고, '상식'을 뛰어넘는 미스터리 세상!

우리가 미처 깨닫지 못하고 있는 동안에도 지구상에는 상상을 초월하고 엽기적이라
고 할 만한 신기한 일들이 일어나고 있다. 상식을 뛰어넘고, UFO라고 믿을 수밖에
없는 초과학적인 미스터리들을 보면서 그 기발하고 비범한 일들을 통해 우리는 한바
탕 삶을 즐겁게 비틀어 볼 수 있는 청량제, 같은 시간을 갖게 된다.

꿈에 나타나
돈을 벌게 해 주는
돌아가신 어머니

오남매의 자녀를 둔 어머니가 있었다. 그녀는 일생을 농촌에서 성실하게 일하며 자녀 교육에 열성을 쏟은 현모양처였다. 자식들이 성장하여 막내 아들까지 결혼을 하자 이듬해 어느 날 갑자기 뇌출혈로 쓰러지게 됐다.

결혼한 세 아들과 두 딸은 평소 현명하게 살면서 자식과 가정을 위해 적극적인 삶을 살았던 어머니의 갑작스런 병을 접하고 너무도 힘들었다. 72살의 연세로 세상을 떠나보내기에는 자식들에게 너무 아쉬웠다. 5개월에 걸친 병원 치료 기간 동안 최선을 다해 보았지만 어머니는 이듬해 73살의 나이로 세상을 떠났다.

그런데 어머니가 돌아가신 후 특별한 일이 일어나기 시작했다. 그것은 막내 아들에게 집중적으로 나타났다. 막내 아들의 꿈속에 어머니가 수시로 나타나서 예전의 모습을 보여 주었다.

그런데 정말 신기한 일은 어머니가 꿈속에 나타나면 막내 아들에게는 좋은 일이 생겼다. 속을 썩이던 결재 대금이 입금되거나 새로운 일거리가 생겨 돈을 벌었다. 한 번도 아니고 그같은 일은 몇 년을 두고 수십여 차례에 걸쳐 지속되었다.

본래 죽은 조상이 꿈에 나타나면 사람들은 대부분 좋지 않은 일이 벌어진다고 한다. 그래서인지 나머지 다른 형제들은 돌아가신 후로 어머니를 꿈속에서 거의 보지 못했다고 한다. 그런데도 특별히 막내 아들에게는 어머니가 수시로 나타나 그의 경제적 어려움을 해결해 주는 것이었다. 이유는 뭘까?

막내 아들의 출생에 그 비밀이 있다. 어머니가 막내 아들을 임신한 후 많은 고민을 했다고 한다. 나이 서른여덟에 그것도 아들 딸이 둘씩 네 명이나 있는데 굳이 뒤늦은 나이에 늦둥이를 낳을 필요는 없었던 것이다. 때문에 주변 친척 여인들은 낙태 수술을 권유했다. 어머니도 그 권유에 못 이겨 하루는 산부인과 병원을 가기로 마음먹고 도시의 친척집으로 갔다. 그런데 어머니는 살아 있는 생명을 낙태시킬 수 없다는 생각이 들어서 결국 산부인과에 가지 않고 집으로 돌아와 낳았는데 그가 바로 막내 아들이었던 것이다.

하지만 막내 아들이 대학을 졸업하고 나서 글 쓰는 일을 한답시고 벌이가 시원찮아 늘 걱정이었다. 그러던 중 다행히 결혼을 하여 너무도 흐뭇했던 것이다. 막내 아들이 손자만 낳아 주면 그 손자 얼굴만 보고 떠나면 여한이 없겠다는 생각을 했었다. 그러면서도 다른 자식들은 먹고 살만한 입장이 되었으니 막내 아들의 생활이 피길 간절히 원했던 것이다. 그러나 어디 모든 게 뜻대로 되겠는가. 어느 날 갑자기 식물인간이 된 어머니는 죽어서도 막내 아들 걱정이 가시지 않았던 거였다.

자식이 아무리 부모에게 잘한들 부모 마음의 10% 따라가기도 어렵다는 말이 있다. 특히 한국 어머니들의 모성애는 전 세계 어느 나라의 엄마들보다도 희생적이고 큰 것으로 잘 알려져 있다. 부모님이 돌아가신 후에 후회한들 아무런 소용이 없다. 살아 생전에 효도를 실천하는 것이야말로 아주 소중한 일이다. 특히 자식에 대한 부모의 애틋한 마음은 부모가 직접 되어보지 않고서는 알 수가 없다는 말이 빈 말이 아닌 듯싶다.

과학적 설명이 불가능한 무속인들의 일화

무속 신앙은 오래 전부터 이어져오고 있는 문화의 한 갈래로 우리나라의 경우 현대 문명 속에서도 자리를 탄탄히 지키고 있는 것 중 하나다. 외국에도 퇴마사들이 있긴 하지만 우리의 무속 신앙, 그 중에서도 특히 신내림을 받은 무속인들의 역할과 힘은 가히 상상을 초월한다.

여덟 살 때 동자신이 내렸다는 올해 서른여섯의 희영(가명) 씨는 신이 내릴 무렵 허구한 날 과자를 입에 달고 살았다고 한다. 그녀는 무속인이 되지 않으려고 온갖 노력을 기울였지만 대학을 졸업한 후로는 어쩔 수 없이 무속인의 삶을 살고 있다.

그녀는 특히 사업운과 애정운에 강한 편이다. 그녀에 관한 일과 두 가지를 들어보면 이렇다.

스물일곱 살 되던 해 여름 오후 그녀는 그냥 중얼중얼 거리며 동네를 한 바퀴 돌고 있었다. 그런데 그녀를 스쳐 지나가는 한 쌍의 남녀를 보자 그녀의 입에서 저절로 말이 터져 나왔다.

"미친 년. 첩하고 놀아나는 놈을 뭐가 좋다고 시시덕거리고 지나가. 그러다 신랑 뺏겨 이년아."

그러자 이 말을 들은 두 남녀는 뒤를 돌아다보더니 먼저 여자가 달려와 희영 씨의 머리를 잡았다.

"너 지금 뭐라고 했어. 이년, 미친년 아니야. 어디 주둥이를 함부로 놀려."

여자는 희영 씨의 뺨을 두어 번 때리고 발길질까지 하고서야 자리를 떠났다. 하지만 희영 씨의 머릿속에는 같이 가던 남편이 젊은 여자하고 바람이 나서 조만간에 외국으로 도망갈 생각까지 하고 있다는 것이 자신도 모르게 떠올랐다.

이런 일이 있은 지 1주일이 지났는데 집으로 한 여자가 찾아왔다. 얼굴을 보니 바로 희영 씨를 두들겨 팼던 중년 여인이었다. 그녀는 희영 씨를 보자마자 두 손이 닳도록 빌었다.

"선생님 제가 큰 실수를 저질렀어요. 죄송합니다. 어쩌면 좋습니까."

희영 씨에게 한 자신의 무례한 행동에 대해 용서를 구하면서 그때 희영 씨의 말을 듣고 남편의 뒷조사를 해보았더니 남편은 회사의 여직원하고 사랑에 빠져 있었고 회사를 정리하여 미국으로 도망갈 준비까지 하고 있는 사실을 알게 된 것이다. 남편과 여자를 데려다 놓고 헤어지라고 했지만 여자는 이미 임신 3개월 중이었고 두 사람 모두 헤어질 수가 없다고 하는

게 아닌가? 급한 나머지 그녀는 수소문을 하여 희영 씨를 찾아
온 것이다.

희영 씨는 일단 여자를 달래서 외국으로 보내지 않으면 해결
이 나지 않으니 그렇게 하라고 말하고 자신만의 방법대로 두
사람을 헤어지게 하는 무언가를 했다. 그리고 한 달이 지난 후
여자는 다시 찾아왔다. 여자는 일단 일본으로 보냈고 남편이
서서히 마음을 돌리고 있다는 것이었다.

한 번도 본 적이 없는 처음 만난 부부를 보고 이렇게 세세하
게 남편의 불륜을 알 수 있는 힘은 대체 어디서 생겨난 것일까?

또 한 번 희영 씨의 놀라운 힘에 대한 사연을 알아보자.

한 여성 잡지에 신년 특집 기사로 희영 씨는 새해 각 분야에
대한 예견을 원고로 만들어 기고했다. 이 글을 읽은 후 고위층
공무원 한 명이 그녀를 찾아왔다. 주식에 많은 돈을 투자하고
있는데 불안하니 좋은 조언을 해달라는 거였다.

희영 씨는 그 남자를 보는 순간 그해 대박을 터트릴 운세가
보였다. 하지만 특정 두 글자가 들어간 회사의 주식이 그와 맞
는다고 그녀의 머릿속에서 동자신이 말해 주었다. 희영 씨는
동자신이 말하는 대로 그에게 전했다. 그리고 6개월이 넘게 흐
른 어느 날 그 남자는 다시 희영 씨를 찾아왔다. 시킨 대로 했더
니 엄청난 수익이 발생했다는 것이다. 너무 고마워서 사례를
하고자 왔다면서 남자는 봉투를 내밀었다. 그 속에는 무려 5백
만 원의 복채가 들어 있었다.

희영 씨만이 아니라 수없이 많은 무속인들이 사람들을 놀라게 하는 신비스러운 힘을 지니고 있다. 그들은 예언을 하기도 하고 액운을 없애는 도움을 필요로 하는 이들에게 주문을 외거나 굿을 하여 그들이 소망하는 것을 이룰 수 있게 해 준다. 100% 다 맞지는 않지만 용하다는 무속인들은 예언에서 높은 적중률을 보이기도 한다. 때문에 사람이 우주를 오가는 첨단 과학 시대에도 무속 신앙을 무시할 수 없다는 말이 나오는 것이다.

체중을 419kg이나 줄일 수 있을까?

갈수록 비만 인구가 늘고 있다. 현대인들의 식생활 패턴의 변화가 큰 영향을 미치는 게 사실이다. 날씬해지기 위해 지나치게 다이어트를 하는 것도 당연히 좋은 일이 아니지만 그렇다고 해서 비만을 방치하는 것도 위험한 일이다. 비만은 당뇨를 비롯해 다양한 질병을 유발시키며 무엇보다도 자유롭게 활동하는데 부담스러울 정도의 비만이라면 그것은 일종의 병이라고 보아야 한다.

보통사람의 몸무게는 건장한 남성들의 경우라면 70~80kg 정도가 적합하다. 90~100kg을 넘어서면 뚱뚱한 사람임엔 틀림없다. 물론 이것은 한국인의 기준이다. 키가 더 크고 골격이 큰 서양인이라면 90kg이 넘는 사람은 수도 없이 많다.

그런데 놀라운 사실 한 가지가 있다. 다이어트를 통해 419kg의 체중을 감량했다면 믿을 수 있겠는가? 더 놀라운 것은 대체 본래 몸무게가 어느 정도이길래 아주 건장한 남성의 4배가 넘는 체중을 감량했고 감량 후에는 체중이 어느 정도나 될까 궁금하지 않을 수 없는 일이다.

419kg을 감량한 주인공은 '사상 최고의 비만남'이자 기네스북 선정 세계 최고의 체중을 기록한 미국 시애틀 출신의 미노치다.

1941년에 태어나 1983년 숨진 존 브로워 미노치. 그는 지난 1979년 635kg의 체중을 기록, 가장 무거운 사람으로 공인받고 있는 역사적 인물이다. 185cm의 신장인 미노치는 어린 시절부터 비만에 시달렸다. 하지만 그의 나이 28살에는 185kg 정도에 불과했다. 그러나 1979년 시애틀의 한 병원에서 측정했을 때는 635kg을 기록했다. 그 후 미노치는 2년 만에 635kg에서 216kg으로 무려 419kg의 체중을 감량하는 데 성공했다. 때문에 '체중 감량' 부문에서도 기네스북에 이름을 올렸다.

하지만 지나친 체중 감량이 문제였을까. 아니면 감량 후 다시 늘어난 체중이 문제였을까? 1983년 사망 당시 그의 몸무게는 362kg이었다.

아무리 건장한 남성일지라도 체중이 100kg 이상 넘어가면 행동이 자유롭지 못하다. 150kg 이상이라면 뛰는 것도 힘들 것이며 생활에서 불편한 것이 한두 가지가 아닐 것이다. 혼자서 양말도 신을 수가 없고 항공기 탑승시 이코노미클래스에 앉는 것도 불가능할 것이다.

국내에는 아주 심각한 비만 인구가 그리 많지 않은 편이다. 미국, 영국 같은 비만 인구가 많은 나라에 비하면 우리나라 사람들은 아주 날씬한 편이다. 그럼에도 불구하고 젊은 여성들이 지나치게 다이어트를 하여 체중 40kg를 유지하고자 하는 것은 문제다. 적당한 체중이 건강을 유지시켜 준다는 사실 그것은 아주 중요하다.

수천 개의 동굴 속에 사람이 살았다는 카파도키아

　동서양의 만남, 동로마제국의 번성기를 대변하는 땅 터키. 우리와는 터키군의 한국 전쟁 대거 참가로 인해 형제국가로 불리는 나라다. 지난 2002년 월드컵 당시 우리는 터키를 각별한 애정을 갖고 응원하여 더욱 친근해졌다.

　터키는 발길 닿는 곳마다 문화 유적지가 널려 있을 만큼 역사적으로 오래 된 국가로서 역사의 향기를 느낄 수 있다. 터키의 역사 유적지 중에서도 중부 고원지대에 위치한 카파도키아 괴뢰메 지역은 한국인은 물론이고 동양인들에게 인기 좋은 관광지다. 또한 전 세계 기독교인들로부터 성지순례의 장소로도 꼽히는 곳이기도 하다. 특히 우리나라 사람들이 많이 가다 보니 현지 가이드나 일부 주민은 한국어를 유창하게 하거나 한국 대중가요를 부를 정도다.

　카파도키아는 어떤 곳일까?

대부분의 관광객들은 터키 수도 이스탄불에서 7시간 정도 심야 고속버스를 타고 가서 이른 아침 현지에 도착한다. 차에서 내리는 순간 눈이 휘둥그레질 수밖에 없다. 바위 속 동굴 호텔들이 눈 앞에 서 있는데다 버스를 타고 인근 지역 바위산들로 가면 모든 바위들은 하나같이 창문 또는 입구쯤으로 보이는 통로가 있다. 한두 곳도 아니고 수천 개의 그런 동굴을 볼 수 있다. 뾰족하게 솟은 바위 속으로 난 수많은 동굴들은 신비함에 이어 궁금증을 자아낸다. 어떻게 된 걸까?

그 수많은 동굴들은 중세 시대 이슬람교인들에 의해 핍박받던 그리스도인들이 이곳으로 피난을 와서 바위산에 동굴 파고 그곳에서 살게 된 데서 유래된다. 동굴 속에 들어가면 사람들이 숙식을 충분히 할 수 있도록 되어 있다. 몇십 년 전까지만 해도 이곳 동굴에는 사람들이 살고 있었으나 정부 정책에 의해 지금은 비어 있으며 관광지로서 역할을 하고 있다. 관광객들을 위해서 과거 그리스도인들이 살았던 동굴 하나를 당시의 모습 그대로 재현시켜 놓았는데 주택으로서 무엇 하나 부족함이 없을 정도다.

그리스도인들이 살았던 동굴들은 곳곳에서 타운을 이루고 있으며, 과거 그곳들은 수도사들이 기거하던 곳, 수녀들이 기거하던 곳, 교육 장소, 예배 장소, 식당 등 다양한 시설을 갖추고 있었는데 그 자리가 그대로 남아 있다.

역사적인 현장으로서도 가치가 있는 곳이지만 이곳 동굴들은 뾰족뾰족 다양한 형태로 솟아올라 볼거리로서도 장관을 이룬다. 관광객들로부터 인기가 높다 보니 일부 숙박 타운에서는 아예 바위에 동굴을 파서 동굴 호텔을 만들어 운영하는 경우도 흔하다.

현지인들의 말에 의하면 바위가 모래알처럼 잘 부서지는 석회암이어서 이곳에 집 한 채를 만드는 데는 2~3일 정도의 시간이면 충분하다고 한다. 언뜻 보기에는 그 넓은 공간을 확보하려면 엄청난 시간이 소요될 것 같지만 결코 그렇지 않다고 한다.

어찌 되었든 수천여 개에 달하는 카파도키아의 동굴들, 한 번쯤은 눈으로 직접 확인해 볼 만한 가치가 있는 역사 현장이자 관광 명소임에 틀림이 없다.

꼬리 달린
별난 달걀

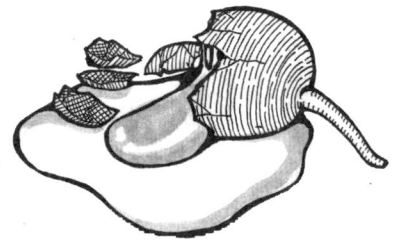

'세상은 요지경'이라지만 대체 어떻게 달걀에 꼬리가 달릴
수 있단 말인가?

동물도 아니고 조류도 아닌 달걀. 쩌서 먹고 후라이로 먹고,
찜으로 먹고, 구워 먹고, 아무튼 다양한 요리 방법으로 우리의
식단에서는 없어서는 안 될 단골손님인 달걀이 사고(?)를 쳤다.

사람도 많고 땅덩어리도 넓다 보니 별의별 일이 다 벌어지는
중국. 최근 중국 저장성의 한 농가에서 발견된 검은색의 달걀
에는 짧은 꼬리가 달려 있어 사람들을 깜짝 놀라게 했다. 왕파
룽 씨가 발견한 이 달걀은 표면이 매우 단단하고 색깔이 일반
달걀에 비해 매우 검은 빛을 띠고 있었다. 특히 달걀의 끝 부분
에는 약 4cm 길이의 '꼬리'가 달려 있으며 우리가 흔히 볼 수
있는 빨대의 두께와 흡사했다.

대체 어찌 된 일일까?

보통사람들로서는 징그럽기도 하고 보는 것 자체만으로도 신기한 일이 아닐 수 없다. 이 달걀을 살펴본 전문가는 달걀 껍질이 형성되는 과정에서 외부의 영향을 받은 것 같다는 견해를 밝혔다.

　　우리가 먹는 보통의 달걀은 가장 먼저 노른자위가 형성된 후 흰자위가 만들어진다. 알을 낳는 닭을 잡아 배를 갈라 보면 곧 낳게 될 알들이 노른자위로 작게 형성되어 있는 것을 볼 수 있다.

　　달걀의 껍질은 처음에 노른자위가 생성된 후에 어미 닭이 껍질을 형성하는 물질을 수란관을 통해 달걀에 보내 그 위에 입혀진다. 그러나 이 달걀의 경우 외부의 알 수 없는 영향에 의해 껍질을 형성하는 물질의 운송이 중단됐던 것으로 보인다는 게 전문가의 판단이다.

　　그러나 최근 들어 유전자 변형에 의한 돌연변이형 생물이나 동물이 많이 생겨나고 있는 것을 감안한다면 이 달걀이 환경의 영향을 받아 별난 모습을 하게 된 건 아닌지 하는 생각마저 든다.

전기가 통해도
죽지 않는 노인

　종종 감전에 의해 사람들이 실신을 하여 병원으로 옮겨지거나 심한 경우에는 그 자리에서 죽는 경우도 있다. 때문에 전기용품은 사용시 주의를 하는 게 일반적인 습관이며 특히 물기가 있는 장갑이나 물기가 촉촉한 손으로 전기제품을 만지는 것은 피하곤 한다. 전기가 우리 인체에 무서운 존재가 되는 것은 우리 인체의 70%가 수분으로 형성되어 있어 전기가 곧장 통하기 때문이다. 그러니 전기 앞에서 인간은 아주 나약한 존재일 수밖에 없다. 전기를 만든 것도 전기를 이용하는 것도 인간이지만 전기로 인해 목숨을 잃는 것도 인간인 것이다.

　그런데 최근 러시아에서는 오히려 "전기 너 딱 걸렸어."라고 하면서 자신만만하게 나타난 노인이 있어 세계적으로 유명세를 타게 됐다. 이 주인공은 다름 아닌 올해 77살의 알렉산더 이그나토프(Alexander Ignatov) 할아버지다.

그는 380V의 전압에도 꿈쩍 않는 일명 '전기 인간'으로 통한다. 이미 오래 전인 그가 16살 때부터 그는 전기에 감전되어도 아무 이상이 없을 뿐아니라 스스로가 전도체가 될 수 있다는 놀라운 사실을 알았다.

이그나토프는 220V 뿐 아니라 380V의 전압도 무섭지 않다는 입장이다. 그가 두 개의 쇠못을 220V 콘센트에 하나씩 끼우고 손가락으로 못을 잡으면 전구에 불이 들어온다. 거짓이 아닌 실제이기 때문에 그는 자신의 특별한 능력으로 새로운 치료법을 개발했다고 주장하기도 한다.

그의 특별한 능력은 물을 끓이는 파워가 생긴다는 것이다. 이를 테면 그가 전기가 흐르는 전선을 손으로 잡고 물에 넣으면 열이 발생해 물이 데워진다는 것이다. 즉 그의 몸은 전도체 역할을 한다는 얘기다. 이는 사실로 나타났다.

전문의사가 그의 몸을 진단해 본 결과 그는 몸 전체, 특히 손이 전도체 역할을 하고 있다는 것이다. 이 할아버지처럼 전도체 역할을 하는 몸을 지닌 사람은 100만 명 중 한 명 나올까말까 한다.

그는 자신의 이같은 능력을 이용하여 물을 따뜻하게 만들고 그 물이 질병 치유력을 지녔다고 주장한다. 따라서 암환자도 그가 데운 물을 오래 마시고는 호전되었다고 밝혔다.

하지만 그가 질병을 치료하는 능력까지 지녔다는 것에 대해서는 아직 정확한 입증이 되지 않은 상황이다.

어찌 되었든 보통 사람 같으면 금방 전기에 타죽을 만한 일을 그는 스스럼없이 행하고 있으니 기인은 기인일 수밖에 없다. 이것도 인체의 신비 중 하나라고 보아야 하는 것인지 그것은 참으로 모를 일이다.

중국에 외계인이 살았다던데

UFO(미확인 비행물체)를 보았다는 사람도 많고 외계인이 있다고 믿는 이들도 있다. 그러나 아직도 현대인 다수가 입증할 만한 사실은 없다. 대중이 눈으로 직접 확인할 만한 UFO나 외계인은 없었기 때문이다. 하지만 비공식적으로는 수없이 많은 관련 이야기들이 나돌고 있는 게 사실이다.

최근의 일은 아니지만 30여 년에 걸쳐 중국에서도 외계인을 발견했다는 이야기가 논문을 통해 밝혀지기도 하고, 여러 사람의 입에 거론되기도 했다. 동양에 비해 서양에서 더 자주 사람들의 입에 오르내리는 UFO와 외계인에 대한 이야기가 중국에서 나왔다는 것은 다소 이색적인 일로 여겨지지만 의외로 중국의 외계인 관련 뉴스는 체계적이고 치밀한 자료까지 있었다는 점에서 더욱 놀라운 일이 아닐 수 없다.

때는 바야흐로 1962년으로 거슬러 올라간다. 당시 중국의 유명한 고고학자 치푸테이 씨는 중국의 오랜 전설을 찾아 티벳과 중국의 사이에 있던 퀑해 지방의 바얀-카라-울마 산맥을 탐사하였다.

그런데 이때 놀라운 현장을 발견하게 된다. 치푸테이 씨는 산맥의 높은 곳에서 '외계 선조들의 무덤'이라 불리는 이상한 동굴을 발굴했는데, 그곳에서 머리가 아주 큰 유골들과 쇠로 만든 듯한 716개의 이상한 물체들을 발굴한 것이다.

그후 1967년 베이징 대학교 고고학 전공 쩜 운누이 교수는 자신이 베이징대학교 박물관에 있던 괴물체들의 상형문자를 완벽히 해독하였다고 발표하였다. 치푸테이 씨가 발견한 이상한 물체들 일부가 베이징대에 소장되어 있었던 것이다. 그러나 당시로서는 폐쇄적인 사회였던 중국 정부에서 가만히 놔둘 리가 없었던 것 같다.

그가 논문을 언론에 발표하려 하자 중국 정부와 베이징대학교가 새로운 법을 만들어 그 물체들에 관한 이론이나 학문을 모두 공개할 수 없게 만들었고 그의 언론 발표 계획은 무산되고 말았다. 하지만 쩜 교수는 자신의 논문이 정부로부터 승인을 받도록 하고자 다른 고고학 교수진들과 함께 정부에 집단 소송을 걸었다. 결국 어려운 싸움 끝에 그는 중국 정부로부터 인민일보에 당신의 연구 논문을 발표해도 좋다는 승인을 받았다.

쩜 교수가 1968년 중국의 신문에 발표했던 연구 자료를 요약해 보면 다음과 같다.

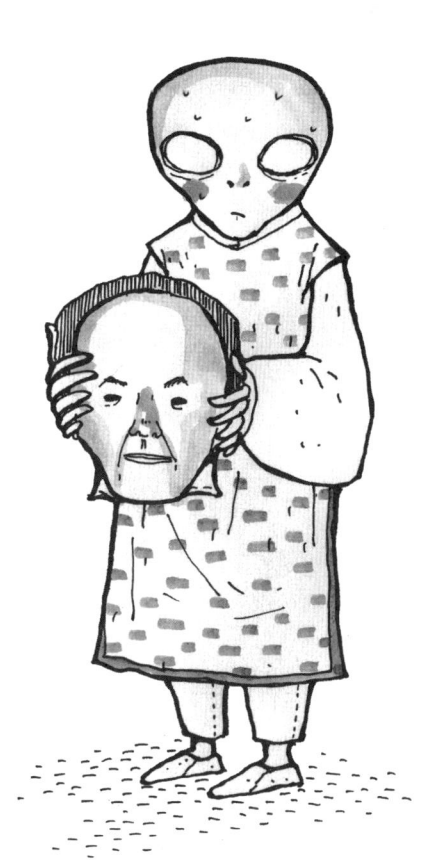

1. 괴물체들의 표면에 나타난 고대 문자를 풀이해 본 결과, 괴물체들과 이상한 해골, 뼈 등은 12,000년 전에 바얀-카라-울마 산맥에 불시착했던 외계인들의 것이 분명하다.

2. 괴물체에는 'UFO에서 떨어졌던 외계인들이 자신들만의 부락을 형성, 지구인들과의 사이에 '지구인 혼혈 자손들을 배출하였다.

3. 이 혼혈 자손들은 중국의 바얀-카라-울마 산맥에 12,000년이 넘는 시간 동안 숨어서 살고 있는 중이다.

당시 쩜 교수의 주장에 따르면 외계인들의 이름은 '드조파'라고 불렀으며, 그들은 대형 모선을 타고 12,000년 전 중국의 바얀-카라-울마 산맥을 지나가다, 산에 추락했다는 것이다.

이같은 소식이 알려지자 중국의 학계는 난리가 났다. 수많은 학자들이 이 논문은 사실이 아닌 거짓이라며 거센 반발을 하였고, 쩜 교수는 그들의 압박에 못 이겨 교수직을 사퇴하고 죽을 때까지 숨어서 지냈다고 한다.

쩜 교수의 논문은 그렇게 소리없이 잊혀져 갔다. 그런데 의외로 그의 논문을 뒷받침하는 또 다른 사실이 나타났다.

1978년 영국 정부가 영국의 고고학자이자 교수였던 캐릴 로빈이 1947년에 작성한 '드조파에 관한 논문 연구 결과'를 언론을 통해 발표한 것이다. 이에 얽힌 사실은 이렇다. 당시 영국의 저명한 교수였던 로빈 씨는 폴란드계의 대학교수인 롤라도프 씨가 보여준 '인도에서 가지고 온 정체 불명의 외계 디스

크'를 보게 된다. 롤라도프 씨는 이 물건이 인도의 한 불교사원에서 티벳의 달라이라마가 준 히말라야의 드조파 유물이라고 말했단다. 그후 여러 달이 흐른 후 로빈 씨는 중국의 바얀-카라-울마 산맥을 탐사하기 위해 티벳에 도착했고, '14번째 환생한 달라이라마'의 설명을 통해 '드조파 외계 부락'이 존재한다는 사실을 듣는다. 그리고 달라이라마로부터 하나의 지도를 받는다. 하지만 네팔과 티벳 가이드들은 그곳은 무서워서 갈 수 없다며 모두가 거부했고, 이에 로빈을 포함한 탐험가들은 자신들이 직접 바얀-카라-울마 산맥을 탐사하였다.

10여 일 넘게 산악지대를 헤매는 동안 2명의 일행을 잃게 되자 로빈 씨의 탐험대는 탐사를 포기하고 하산하였다. 그런데 이때 그들 일행은 키가 120cm밖에 안 되는 이상한 사람들을 발견하고 그들을 쫓아갔으며 그때까지 세상에 알려지지 않았던 그들의 이야기를 듣게 되었다.

당시 그들은 고대 중국인들의 복장을 하고 있었고 산에서 나물 등을 채취해 하루하루를 살아 가고 있었다. 그들의 손가락은 6손이었으며, 눈, 코, 입 등이 여느 사람들과는 달랐다. 또 그들은 고대 중국말을 하며, 상형문자를 쓰고 있었으며, 자신들의 부족을 '드조파인'이라고 불렀다.

영국으로 돌아온 이반은 이 사실을 정부에 보고하였으나 정부에서는 이 사실을 언론에 공개하지 않았다. 오랜 세월 동안 로빈의 진실은 숨겨져 있었다. 그러다가 그가 1974년 심장마

비로 사망을 하자 그 사실이 언론에 공개되어 다시 중국을 뒤흔들었다. 그후 다시 21년이 흐른 뒤 1995년 중국의 언론들은, 바얀-카라-울마 산맥 동쪽 지방인 '신추안 주에서 120여 명의 드조파 혼혈인들을 발견하였다'는 뉴스를 발표했다.

그런데 어른 키가 로빈이 발견했던 1947년보다 훨씬 작은 90~110cm였다. 그러나 이같은 뉴스는 잠깐 동안 떠돌다가 아쉽게도 다시 자취를 감추었다.

최근 들어 페루를 비롯한 세계 각지에서 문명을 거부한채 살고 있는 부족들이 발견되고 있다. 로빈 씨가 발견했다는 드조파 혼혈인들이 반드시 외계인이라고 할 수는 없을 것이다. 잘 알려지지 않은 부족들일 수도 있다. 하지만 대중의 눈앞에 그들이 나타나지 않은 이상 그들이 존재했다는 사실조차 입증할 만한 속 시원한 자료는 없는 것이다. 또 그렇다고 해서 쩜 교수나 로빈 박사의 말이 거짓이라고 말할 수도 없을 것이다.

벌거숭이가 된
수도승들

인도에는 아주 오래 전부터 이어져 내려오고 있는 종교가 있다. 바로 '자이나교'다. 최근 들어 이 자이나교가 주목을 끌고 있다.

자이나교는 불교와 마찬가지로 비정통에서 발생한 출가주의 종교다. 최고의 완성자를 지나라 부르고, 그 가르침이라 하여 지나교 또는 자이나교라는 호칭이 생긴 것도 불타에서 연유하여 '불교'라는 호칭이 생긴 것과 같은 식이다. 이뿐만이 아니다. 자이나교는 교조의 출신과 인간 형성, 지리적·문화사적 배경, 교단 성립의 불교와 유사한 점이 매우 많은 편이다. 따라서 불교와 이 교단간의 밀접한 교섭은 양종교의 원시 경전에도 나타나 있다. 인도의 경우 전통적 문화와 수많은 유산들이 자이나교를 무시하고는 이야기할 수 없을 정도로 깊이 뿌리박혀 있는 종교이기도 하다.

그런데 놀라운 사실은 자이나교의 수도승들 중에는 나체로 살아가는 이들이 적지 않다는 것이다. 실제로 인도에 가면 나체로 살아가는 그들을 만날 수가 있으며 이같은 사실은 국내의 공중파 방송에서 특별 기획으로 방영하기도 했다.

인도 자이나교의 나체 수행자들의 특징은 '무소유'와 '불살생'을 실천하는 것이다. 바로 여기에 그들이 나체로 수행을 하며 살아가는 본질적인 이유가 숨어 있다.

그들은 발가벗은 몸으로 평생을 인도 전역을 떠돌며 살아간다. 나체의 몸을 유지하며 늘 걷기만 하는 것은 무소유, 즉 세속으로부터의 집착을 다 벗어 버리고자 하는 것이다. 또 세상의 모든 생명체에 어떠한 해도 끼치지 않기 위해 일례로 그들은 머리카락을 직접 뽑으며 개미 한 마리도 죽이지 않으며 풀 한 포기도 함부로 건드리지 않는다.

자이나 수도승들은 털채와 주전자 외에 어떤 물건도 가질 수 없다. 이들의 식사는 하루에 단 한 번뿐이며 물을 마실 수 있는 시간도 그 때뿐이다. 생명체를 죽이지 않으려고 모든 식사는 채식을 유지하는데 그마저도 한정적이다.

그들의 생명에 대한 존엄함은 상상을 초월한다. 이를 테면 브로콜리나 가지와 같은 벌레가 들어 있을 가능성이 많은 채소는 먹을 수 없으며, 감자, 양파, 마늘, 생강 같은 뿌리 채소들도 안 된다. 채소를 뽑는 과정에서 벌레들을 해치기 때문이다. 그런가 하면 자이나 수행자들의 생명에 대한 존엄성은 극에 달한다. 수도승은 평생 목욕도 못하는데 그것은 목욕을 하면 몸에 세균이 죽는다는 이유에서다.

또 한 가지 특별한 사실은 옷을 벗고 수행하는 것이 누구에게나 허락되는 게 아니라는 것이다. 나체 수행은 수준이 가장 높은 수도승들에게만 허용된다. 때문에 자이나교 수도승들은 처음에는 아래 위 모두 입는다. 수행 시간에 따라 윗옷을 벗고 아래만 입다가 수행이 아주 깊어지면 그때서야 모두 벗을 수 있다. 물론 나체 수행은 남자 수도승들에게만 허락된다. 여성 수도승들은 옷을 벗을 수 없다.

수도승들이 양손에 늘 지니고 다니는 것은 털채와 물주전자다. 털채는 작은 벌레라도 밟을까 늘 앞을 쓰는 데 사용되며, 물주전자의 물은 손과 발을 씻을 때 사용한다. 이때 쓰는 물의 양은 최소한이다. 물을 많이 쓰게 되면 작은 생명체를 죽일 가능성 또한 높아지기 때문이었다.

우기를 제외하고 평생을 돌아다니면서 이토록 철저한 무소유와 불살생은 가히 존경스러움을 뛰어넘어 신의 경지에 오른 것처럼 여겨진다. 최근 들어 전 세계의 매스컴과 환경 보호자들이 이들에 대해 주목하고 있다. 인간들의 욕망으로 인해 전쟁과 살인, 환경 파괴 등이 지속되자 이제야 평화와 환경 보호를 외치는 것이 현실이 아닌가. 결국 이들의 삶은 스스로 저지르고 스스로 문제를 해결하려고 애쓰는 현대인들의 무지함과 욕망에 대한 소리 없는 교훈인 것이다.

무소유와 불살생. 현대인들의 시선에는 그저 고행의 길을 걷고만 있는 것 같은 자이나교 수행자들의 삶. 하지만 그들에게 그것은 아름다운 삶, 자연의 삶인지도 모른다.

남—녀 관계에서, 여—여 관계가 된 이색 부부

"인생 뭐 있어. 어차피 한번 사는 인생인데 하고 싶은 대로 하고, 살고 싶은 대로 살아보는 것도 좋지 않을까?"

이런 말을 떠올리게 하는 사건이 일어났다. 우리나라 사람들의 보편적인 시각으로 본다면 "참으로 꼴깝 한다."거나 "별 미친 인간들 다 있어."라는 말이 금방이라도 터져나올 것만 같은 한 마디로 웃기지도 않은 일이다.

올해 81살이 된 영국의 유명 작가 잔 모리스. 그녀는 참으로 독특한 삶을 살고 있다. 그는 성전환 수술을 통해 여성이 된 사람이다. 성전환 수술을 한 트랜스젠더들은 최근 들어 각국에서 늘고 있는 추세다. 국내에도 이미 잘 알려진 인물들이 있을 정도니까.

하지만 잔 모리스는 좀 특별한 케이스다. 그녀는 45살 되던 해인 지난 1972년 성전환 수술을 해서 여성이 되었다. 당시 그는 이미 5남매를 둔 가장이었다. 하지만 자신이 남자로 잘못 태어났다는 생각이 깊어지자 결국 이혼을 하고 성전환 수술을 하기에 이른 것이다.

그런데 믿기지 않는 사실은 그녀는 여성이 된 후에도 과거의 부인과 함께 살았다. 그들이 레즈비언 관계로 보냈다는 사실은 밝혀지지 않았지만 81살이 되기까지 무려 36년의 세월 동안 두 여자가 한 집에서 함께 살았다는 것은 사람들의 의문을 사기에 충분하다.

물론 그들의 5남매 자녀들은 두 여자를 어떻게 바라보는지 어떻게 대하는지도 참으로 궁금한 일이다. 어찌 되었든 두 사람은 그렇게 살아왔으며, 최근 영국 정부가 동성애 커플의 결혼을 법적으로 인정하자 두 사람은 다시 법적인 부부가 되었다.

최근 들어 국제 사회는 성적 소수자들에 대한 인권 강화 및 보호 추세로 변하고 있다. 이는 인간 존중, 개인의 자유 등 인권 차원에서 매우 고무적인 일이다. 하지만 모리와 그의 파트너(아내) 두 사람의 결혼, 이혼, 성전환 결혼으로 이어진 참으로 보기 드문 이 사연은 어떤 차원에서 해석을 해야 할지 참으로 놀랍고도 어려운 일이다.

어디론가 사라진
에스키모인들

　어느 날 갑자기 마을 사람들이 어디론가 사라졌다. 그것도 아무런 흔적도 없이 사라졌다. 도대체 어찌 된 일일까. 외계인이 데려간 것일까. 설령 지진이 일어나거나 눈사태가 일어났다면 마을이 통째로 사라졌어야 할 텐데 이는 그것도 아니다. 그냥 사라져 버린 것이다.

　거짓말 같은 사실이 종종 존재한다.

　지금으로부터 80여 년 전인 1930년 11월 북부 캐나다 깊은 산 속에서 나타난 기이한 일이다. 이 이야기의 정답은 아직도 나타나지 않았다.

　평소 사냥을 즐기는 조 라벨이라는 사람이 있었다. 그는 자신이 사는 도시에서 멀리 떨어진 한 에스키모 마을을 자주 찾곤 했다. 특히 그 마을은 그가 이곳저곳 사냥을 즐기다가 피곤하거나 지치면 잠시 들러 쉬어가곤 했던 마을이었다.

198

1930년 11월 어느 날 그는 여느 때처럼 사냥 후 피곤한 몸을 이끌고 마을을 찾았다. 그런데 이게 어찌 된 일인가. 밝은 대낮 인데도 마을에는 정적감에 쌓여 있었다. 평소 같으면 여기저기서 사람의 인기척을 느끼고 짖어대는 개들의 극성스런 소리도 나지 않았다.

마을에 특별한 잔치가 있어서 사람들이 한 집에 모여 있는 걸까. 아니면 마을 사람들이 단체로 어디론가 잠시 떠난 걸까.

사람이라곤 나와서 노는 어린 아이도 하나 보이지 않으니 라벨로서는 참으로 이상한 일이라는 생각이 들었다. 그리고 그 순간부터 알 수 없는 공포감에 휩싸이기 시작했다. 평소 마을 사람들과 친했던 그는 이 집 저 집 기웃거려 보았다.

집에는 여전히 평소 모습 그대로 옷가지도 그대로 있고, 화적의 냄비에는 음식물도 그대로 있었다. 불과 하루 이틀 전까지만 해도 사람들이 있었다는 사실을 입증해 주는 단서였다. 그런데도 사람들은 보이지 않았다. 라벨은 에스키모인들이 타고 다니던 배가 있는 바닷가에도 가보았다. 그곳 역시 배가 한가롭게 떠 있었으나 사람의 흔적은 찾을 수가 없었다.

공포감은 더욱더 라벨의 가슴을 조여왔다. 그나마 밝은 대낮이었기에 그로서는 다행이었다. 모든 집들을 일일이 돌아다녔으나 역시 사람들은 보이지 않았다. 그때 마침 그의 눈에 들어온 장면 하나는 그를 충격에 빠뜨렸다. 에스키모인들의 발이나 다름없는 개들이 하나같이 굶어 죽어 있는 것이었다. 그렇다면 마을 사람들이 없어진 것은 여러 날 된다는 논리인데 음식물이 부패하지 않은 것을 보면 그것도 이상한 일이었다. 게다가 에스키모들인들의 집에는 총이 있었는데 총들도 역시 장전된채 그대로 벽에 걸려 있었다.

그는 고개를 흔들었다. 그리고 머리카락이 서는 듯한 소름끼치는 공포감에 휩싸였다. 에스키모인들의 경우 곰을 비롯한 야수들이 마을 주변에까지 심심찮게 등장해 외출을 할 때는 반드시 총을 가지고 나가는 게 통례인데 총이 그대로 걸려 있으니 대체 사람들은 어디로 갔는지 궁금증을 더해 갔다. 어디 그뿐인가. 그들의 발이 되어 썰매를 끄는 개들은 죽어 있었는데 외상은 전혀 없었던 것이다. 물론 썰매도 집집마다 그대로 놓여져 있었다. 그렇다면 사람들은 하늘로 올라간 것일까 땅 속으로 들어간 것일까.

아무리 대낮이라곤 하지만 이쯤 되니 그는 빨리 마을을 벗어나야 한다는 생각뿐이었다. 곧장 마을을 빠져나온 그는 마을에서 가까운 경찰서로 달려갔다. 라벨은 사실대로 말했다. 하지만 경찰들은 그를 마치 정신 나간 사람처럼 취급했다.

"여보시오. 대체 한두 명도 아니고 수십여 명의 마을사람들이 동시에 사라졌다는 말을 어떻게 믿으란 말이오. 정신 나간 사람 같으니라구."

라벨은 미칠 지경이었다.

"그렇다면 나와 함께 현장에 가 보면 알게 아니오. 나는 지극

히 정상적인 사람입니다. 만일 제 말을 헛소리로 받아들인다면 당신들은 조만간에 다 해고될 일이오."

라벨의 진지하고 반복적인 말에 경찰들은 뭔가 심상찮은 조짐을 느꼈는지 곧장 현장으로 달려갔다. 라벨의 말은 사실이었다. 함께 간 두 명의 경찰관들은 자신들의 힘으로는 어쩔 방법이 없는 것을 알고 다시 경찰서로 돌아와 수색대를 조직하여 마을로 갔다.

경찰 수색대는 마을 집집은 물론이고 주변까지 이 잡듯이 뒤졌다. 한 달을 넘게 현장 수색을 벌였지만 경찰들이 얻은 것은 하나도 없었다. 경찰관들도 이런 일은 처음이라며 고개를 흔들었다. 결국 그들은 아무런 단서도 찾지 못하고 현장에서 철수했다.

도대체 그 많던 에스키모인들이 종적을 감춘 것은 어찌 된 일일까?

아직까지도 그 사건의 실마리는 풀리지 않았다. 경찰의 서류에는 '불가사의한 사건'이라는 기록만 남아 있다고 한다. 어쩌면 이같은 불가사의한 사건들이 UFO나 외계인들에 대한 궁금증을 더 자극하고 있는지도 모른다.

건강 진단 받아야
학점을 준다구

    봉사 활동에 적극적이거나, 다니는 학과의 간부 중 한 사람으로 매사에 적극적인 활동을 벌일 경우 시험 점수에 비해 높은 학점을 주는 교수들이 종종 있다. 하지만 건강해야 학점을 주는 교수들은 일찍이 없었다. 그런데 이 무슨 별난 학점 처리인가? 일본의 한 대학에서는 건강 진단을 받지 않으면 학점을 주지 않는다니 참으로 유별난 게 아닌지 모르겠다.

    실제로 일본의 지방 국립대인 가나자와 대학은 학점 취득을 위한 건강 진단을 의무화하고 있어 일본은 물론이고 세계적으로 뉴스거리가 되고 있다. 세계 그 어느 대학에서도 찾아볼 수 없는 특이한 학칙이 아닐까싶다.

    화제의 가나자와 대학은 1학년생의 필수 과목인 '대학·사회생활론'의 학점을 취득하기 위해서는 건강 진단을 받도록 의무화하고 있다. 심지어 건강 진단을 받지 않은 학생은 야구와 축구 등 운동 관련 동아리 활동을 못하게 하고 각종 시합에도 출전할 수 없도록 하고 있다.

대학생들은 이미 성인으로 자신의 건강 관리야 스스로 알아서 하면 되는 게 아닌가. 때문에 이같은 학칙을 반대하거나 부담을 갖는 학생들도 많다고 한다. 물론 찬성하는 학생들도 있지만.

건강 중시 교육을 실시하게 된 배경에 대해 이 학교는 새로운 세계에 들어온 학생들에게 건강의 중요성을 알리고 보람 있는 학창 생활을 보낼 수 있도록 하기 위한 지원책이라는 입장이다. 그러니 학교 측의 학생들에 대한 지극 정성에 감탄을 하는 사람들도 있을 것이다.

만일 이런 제도가 우리나라 대학에 생긴다면 어떨까? 십중팔구는 반대할 것이며 학생들은 학교 측에 관련 학칙 폐지론을 주장하고 시위를 할 것이다. 사실 이는 학생들에 대한 지나친 간섭이 아닐 수 없다. 성인이 된 학생들이 자신의 건강 관리마저 학교에 의지하거나 맡겨야 한다는 사실은 학생들을 마치 어린애 취급하는 것과도 같은 것이 아닐까.

6천 명을 수용할 수 있는 대형 레스토랑

중동에 위치한 시리아는 아직도 우리나라와는 국교가 수교되지 않은 몇 개 국가 중 하나다. 고 아사드(Assad) 대통령이 1970년부터 장기 집권하다가 죽은 후로 현재 경제 개혁 등 민주화 운동에 커다란 노력을 기울이고 있는 나라이기도 하다. 따라서 서방에서는 아직도 시리아의 인지도가 매우 낮은 편이다. 테러와 더러움, 억압된 곳으로 더 많이 알려져 있다. 하지만 아직 서구 문물에 물들지 않은 순수함이 묻어나는 나라다.

이런 시리아에 최근 대형 사건(?)이 발생했다. 세계에서 가장 큰 레스토랑이 문을 연 것이다. 이 레스토랑은 대형 분수대와 거대한 폭포 등을 갖추고 있다. 때문에 잘 모르는 이들은 그곳이 마치 테마파크와 같은 관광 명소나 놀이 공원쯤으로 착각하게 된다.

사실 테마파크로 착각하는 것도 이해가 된다. 무려 6천여 명

이 동시에 식사를 할 수 있을 만큼 크기 때문이다. 식당만 크다고 해서 좋은 것은 아니다. 식당이 크면 그만큼 주문하는 요리가 제때에 나오기 힘들 수도 있다. 하지만 놀랍게도 이 레스토랑은 단순히 크기만 큰 것이 아니라 손님들의 무수한 주문을 동시에 처리할 능력을 갖추고 있다고 자랑한다.

최근 들어 이 레스토랑은 세계 최대 레스토랑으로 기네스북에 기록됐으며, 이제 시리아에서는 빼놓을 수 없는 관광 명소가 되었다고 한다.

규모면에서 세상 사람들을 놀라게 하는 일들은 여기저기서 나타난다. 가장 큰 호텔, 가장 높은 탑, 가장 큰 집, 가장 큰 공연장 등등. 세계 각지에서는 규모면에서 최대를 자랑하고자 다양한 도전을 한다. 그런데 놀랍게도 경제력은 취약한데도 불구하고 세계 최대 규모를 자랑하는 건물이나 시설들은 그 나라의 경제적 수준이나 발전과는 무관하게 나타나곤 한다. 인구가 많은 중국이나 인도 또는 면적이 넓은 러시아나 미국이 아닌 시리아에 세계 최대 규모의 레스토랑이 문을 열었다는 것도 그한 예일 것이다.

어찌 됐든 사람들은 가장 큰 것이라면 궁금해 하고 놀라워한다.

행운을 잡으려면
돼지 똥과 시체와
친해져야 해

뜻밖의 행운을 거머쥔 사람들의 얘기를 들어보면 다들 제각각이다. 그런데 유독 좋은 꿈을 꾸었다는 사람들이 많다. 게다가 우리나라 사람들의 절반 이상이 태몽을 꾼다. 참으로 믿기어려운 일이지만 꿈은 용하게도 잘 맞아떨어진다. 결혼한 신혼부부의 경우 둘 중 한 사람 또는 가까운 가족이 꿈 속에서 밤알을 줍는 꿈을 꾸면 영락없이 아들을 낳게 된다. 이뿐만이 아니다. 어떤 이는 꿈 속에서 처음 보는 할머니가 나타나 동쪽에 있는 학교에 원서를 내라고 해서 수험생인 아들에게 성적이 턱없이 부족한 동쪽에 있는 대학교에 강제적으로 원서를 쓰라고 했는데 합격을 했다는 등등 꿈은 늘 사람들의 화두가 된다.

주택복권이 당첨되면 정말로 집 한 채를 살 수 있던 시절 복권 당첨자 중 한 사람이 한 말이다.

"방에, 마당에 온통 돼지 똥 천지인 겁니다. 그리고 돼지 한 마리가 제 곁에서 저하고 같이 노는 거예요. 물론 저도 돼지 똥 속에서 마치 수영하듯이 돌아다니며 돼지와 놀았거든요. 그런데 그때는 돼지 똥 냄새도 안 나구요. 너무 좋은 거예요. 돼지를 잡으려니까 이 녀석이 막 저를 놀리더라구요. 이 방 저 방 돌아다니면서 너무 그러는 거예요. 정말 약이 오르더라구요. 그래서 힘을 내서 돼지를 꼭 끌어안았어요. 이 녀석 도망치지 않고 가만히 있더라구요."

그런가 하면 주식으로 대박을 낸 어떤 사람은 생각만 해도 끔찍한 꿈을 꾼 후 이튿날 주식을 대량 사들였는데 큰 차익을 남겼다고 한다.

"그 전날 아내가 주식을 하면 이혼하겠다고 하는 겁니다. 2천만 원 정도 투자해서 5백만 원도 못 건졌거든요. 그런데 참 이상한 꿈을 꾼 겁니다. 산으로 갔는데 무덤에서 여러 명의 시체가 나왔어요. 그런데 제가 그 시체를 아무 거리낌 없이 날랐어요. 어떤 시체는 막 부패했더라구요. 그런데도 양손으로 들어서 옆의 무덤으로 옮기고 그랬어요. 이튿날 너무도 이상한 꿈이란 생각이 들었는데 그 당시에는 인기도 없는 그 회사 주식을 자꾸 사고 싶은 거예요. 그래서 마지막이라고 생각하고 샀는데 그날부터 조금씩 오르더니 두 달 되니까 세 배까지 오르더라구요. 그래서 목돈을 손에 쥐었지요."

꿈을 꾼 후 행운을 잡은 사람들의 애기를 들어보면 꿈에서 시체를 보았다거나 돼지를 끌어안았다거나 피를 손으로 만졌다거나 하는 얘기들이 많다. 또 조상을 보았다거나 처음 보는 할아버지나 할머니한테서 뭔가를 받았다는 이들도 있다. 꿈이 특이한 것은 아무리 꿈을 꾸려 해도 꿈이 꾸어지지 않는다는 것이다.

어디 그뿐인가? 꿈을 꾸었는데 오히려 이튿날 불길한 일들이 벌어지는 경우도 있다. 어떤 이는 꿈 속에서 어린 아기들이 자신의 몸에 막 달라붙었는데 이튿날 교통사고를 당해 겨우 목숨만 건졌다고 하며 또 어떤 사람은 꿈 속에서 미모의 여인을 만나 대화를 나누었는데 이튿날 사기꾼한테 잘못 걸려 몇천만 원을 그대로 날렸다는 사람도 있다.

이렇듯 꿈은 참으로 알 수 없는 특별한 힘을 지니고 있다. 물론 모든 꿈이 하나같이 현실세계에 행운과 불행을 가져다주는 것은 아니지만 꿈으로 인해 행운을 얻거나 특별한 즐거움과 기쁨을 얻게 된 이들이 부지기수며 또 어떤 이들은 그 반대로 불행의 늪에 빠지거나 예상치 못한 좋지 않은 일을 겪게 되기도 한다.

도대체 꿈은 어떻게 생겨나고 그것이 우리의 현실에 적잖은 영향을 미치는 걸까. 그 누구도 명쾌한 답을 내리진 못한다. 다만 꿈은 영혼과 많은 관련이 있으며 그 사람의 심리 상태와도 깊은 연관이 있다고 한다. 게다가 꿈의 해석에 있어서 좋은 꿈, 나쁜 꿈은 일반적으로 많은 이들의 경험에 비추어 볼 때 각각 유사한 특징을 지니고 있는 것도 사실이다.

하지만 행운을 얻는 꿈 그것은 분명 선택받은 사람들에게만 주어지는 것이다. 90평생을 살아도 좋은 꿈을 꾸어서 행운을 거머쥔 사람들은 그리 많지 않기 때문이다.

오래 살려면 적게 먹으라구?

무병장수(無病長壽).

인간이라면 누구나 이 네 글자를 무시하지 못한다. 어차피 한 번 왔다 가는 인생이므로 짧은 인생보다는 건강하게 오랫동안 행복하게 살기를 원한다. 하지만 사람이 태어나고 죽는 일은 본인 뜻대로 되는 일이 아니다. 그래서 사람들은 생로병사 (生老病死) 의 인생은 하늘이 다 내려 주는 명에 의해 움직여진다고 믿기도 한다.

과거의 경우 인간의 평균 수명은 매우 짧았다. 3~4백 년 전만 해도 나이 사십이 되면 중늙은이 소리를 들었고, 왕들 중에는 나이 사십을 넘기지 못하고 죽은 이들도 여럿이다. 사십대에 할아버지 할머니가 되어 60살이 넘으면 환갑 잔치를 했다. 하지만 이제는 달라졌다. 70살에도 칠순 잔치를 하지 않는 이들이 많다. 80살은 그저 당연한 나이쯤으로 여겨질 정도다. 그

만큼 평균 수명도 늘어나고 있다.

하지만 아직도 100살을 넘긴다는 것은 엄청난 일로 여겨지고 장수의 주인공으로 여기저기에 소개되기도 한다.

한때 기네스북에 오르기도 한 프랑스의 120살 된 할머니는 지금은 고인이 되었지만 장수 노인으로 매스컴의 플래시 세례를 받았다. 그의 장수 비결은 적게 먹고 날마다 어린아이처럼 편히 잠을 자는 것이라고 한다.

그렇다면 장수를 위해서는 소식(小食)이 필수란 말인가? 이왕이면 다홍치마라 하지 않던가. 몸에 좋은 음식 많이 먹고 운동 많이 하면 건강하게 오래 사는 것 아닐까?

하지만 실제로 적게 먹는 것이 장수에 도움이 된다는 것은 사실인 듯싶다. 일본 오키나와는 장수 마을로 유명한 지역이다. 이 섬은 인구 10만 명당 100살 이상의 노인이 34명이나 돼, 미국 평균보다 3배나 많다. 따라서 이곳의 노인들에게 많은 이들의 관심이 집중되었다. 조사해 본 결과 장수 비결의 하나는 소식으로 밝혀졌다. 이곳 노인들은 평균 1800kcal 정도의 간소한 식사를 한다는 것이다.

한편 114살로 최근 사망한 세계 최고령자인 스페인 노인이 113살이었을 때 그의 장수 비결에 대해 조사하였는데, 주인공에게는 102살 된 형제가 있었고, 각각 81살, 77살인 두 명의 딸, 85살인 남조카가 있었다. 연구팀은 이들을 동시에 조사했는데, 모두가 스페인 메노르카 섬이라는 작은 도시에서 태어나 계속

살아왔다는 것이다. 따라서 연구팀은 뼈가 단단한 유전적인 요인도 있지만 그보다도 조금씩 천천히 먹는 지중해식 식습관과 섬 지방의 온화한 기후, 스트레스가 없는 생활, 규칙적인 신체 활동이 더욱 큰 영향을 미쳤을 것이라고 한다.

우리나라 장수 노인들 또한 적게 먹는 이들이 많은 편이다. 특히 된장 같은 우리 전통 음식과 야채를 많이 먹으며 낙천적인 생활 습관이 큰 영향을 미치는 것으로 나타났다.

그렇다면 국적을 막론하고 공통된 장수의 비결은 늘 즐거운 마음으로 소식을 하면서 공기 좋은 지역에서 사는 것이다. 스트레스를 덜 받는 것 또한 장수를 위한 매우 중요한 요소 중 하나다.

특히 소식이 중요한 것은 소식은 신진대사를 활발하게 함으로써 신체 각 기관의 기능을 최상의 상태로 유지해 주고 건강과 장수를 가져다준다. 칼로리 섭취가 줄어들기 때문에 비만도 예방된다.

이같은 사실은 역설적으로 일본의 스모 선수들에게서도 증명이 된다. 일본의 스모 선수는 어린 시절부터 몸무게가 180kg에서 230kg 정도가 되도록 살을 찌우는데, 그들의 평균 수명은 마흔 살 안팎이라고 한다.

그렇다면 답은 나온 셈이다. 오래 살고 싶다면 적게 먹어야 된다는 것이다.

세계 최연소 대통령은 몇 살(?)

대통령은 몇 살부터 가능한가?

누군가 이런 질문을 한다면 정답은 없다. 나라마다 다르기 때문이다. 사실 미성년자가 아니라면 대통령은 누가 된들 나이 제한은 많이 두지 않는 편이다. 물론 120년 전만 해도 이같은 질문은 비현실적인 질문이었을 것이다. 우리나라만 해도 조선 왕조 시대였으니 왕의 아들이면 세자로 책봉되어 10살에도 왕이 될 수 있었던 시대였다.

현대에는 대다수의 대통령들이 적어도 40살 이상은 넘는다. 우리나라 대통령들의 경우 대통령이 된 나이를 보자. 노무현 대통령은 57살에, 이명박 대통령은 67살에 대통령이 되었다. 혼란기에 대통령이 된 박정희 대통령은 46살에, 전두환 대통령은 49살에 각각 군 출신으로서 대통령이 되었다. 미국에서는 미국의 42대 대통령 빌 클린턴이 비교적 이른 나이인 47살에 대통령으로 당선되었다.

따라서 전 세계적으로 30대에 대통령이 되었다는 애기는 비교적 접하기 드물다. 그렇다고 30대에 대통령이 된 사람이 없다는 애기는 아니다. 실제로 기네스북에 오른 최연소 대통령의 나이는 35살이다.

2006년 콩고민주공화국(DRC)에서는 세계 최연소 대통령이 탄생했다. 그 주인공은 조셉 카빌라(35) 대통령. 카빌라 대통령은 이날 대통령궁에서 취임식을 갖고 '헌법을 수호하고 국민의 충실한 공복으로서 일해 나갈 것'을 다짐했는데, 당시 취임식에는 타보 음베키 남아프리카공화국 대통령 등 9개 국가 정상들이 참석해 오랜 내전을 끝내고 새 출발을 하게 된 DRC의 앞날을 축복했다.

하지만 실제적으로 카빌라가 대통령으로 활동한 것은 그 이전의 일로 그의 나이 30살이던 2001년 아버지 로랑 카빌라 대통령이 암살된 뒤 권력을 물려받은 후 대통령에 취임했다. 하지만 카빌라는 5년 후인 2006년 11월 11일 치러진 역사적인 자유선거에서 당선돼 정통성을 인정받게 되었다. 카빌라는 올해 37살이 되었다.

한편 총리로서 현재 세계 최연소는 2004년에 집권한 도미니카공화국의 스커릿 총리로 그는 1972년생이다. 또 2004년부터 2005년까지 체코 정부를 이끌었던 스타니슬라브 그로스 전 총리는 1969년생으로 그 뒤를 이었다.

하지만 우리나라처럼 나이와 경력을 중시하는 나라에서는 30대 대통령이 나오기란 힘들 것 같다. 40대 대통령만 나와도 "나이가 어려서 안 돼."라는 이들이 부지기수일 테니까. 만일 우리나라에서 35살의 대통령이 나온다면 40대 이상의 대부분은 "어린애가 나라를 이끌 수는 없다. 안 된다."라는 입장일 것이 불을 보듯 뻔한 일이다.

냉정하게 생각해 본다면 사실 나이는 그리 중요하지 않다. 대통령으로서의 능력과 리더십만 갖추었다면 말이다. 그러나 대통령의 자리란 워낙 중요한 자리로서 국민을 리더하고 글로벌무대 위에서 국가의 위상과 힘을 키워야 하는지라 연륜과 경력을 전혀 무시할 수는 없을 것이다. 다방면에서 뛰어난 젊은 인재는 많지만 그들이 정치를 아주 잘할 수 있는 리더로서의 자격도 갖추었다고 보기는 힘들기 때문이다.

그런데 요즘같은 세상이라면 대통령도 참으로 어려운 직업이 아닐까 싶다. 예전처럼 독재가 통하는 시절이 아닌 만큼 제 역할을 못할 때는 온 국민의 질타와 원성을 사게 되니까.

공항 검색대가
거부한 여자

　여성들의 경우 나이가 들면 특히 무릎에 관절염을 앓거나 무릎의 연골이 닳아서 대체할 수 있는 인공뼈를 넣는 수술을 하기도 한다. 또 어떤 이들은 인대가 늘어나거나 끊어져 뼈 대신 철심을 넣기도 하는 등 현대의학은 인체 내 부족하거나 손상된 부위를 다른 것으로 대체시키는 의술이 꽤 발달되어 있다.

　그런데 몸 속에 곳곳에 뼈 대신 인공 뼈나 금속이 들어가서 인체 활동을 돕는다면 절반은 기계 인간이나 다름없는 셈이다. 영화에서나 나옴직한 몸 속에 금속을 넣어 움직이는 사람이 실제로 있다. 생각만 해도 몸이 움츠러드는 일이 아닌가?

　영국에 살고 있는 에일린 브라운이 그 주인공이다. 올해 49살인 그녀는 지난 20여 년 간 수차례의 수술을 했다. 그야말로 온몸이 문제라고 해도 과언이 아닐 만큼 그녀는 어깨, 엉덩이, 무릎, 그리고 왼쪽 팔꿈치 등등 수많은 곳을 수술을 했다. 의학

이 발달해서 가능했지 100여 년 전에 태어났더라면 그녀는 의지대로 살아가기 힘들었을 것이다.

　그녀가 이렇게 허구한 날 온 몸에 수술을 해야 하는 데는 그만한 이유가 있었다. 그녀는 태어날 때부터 류마티스 관절염으로 고생을 해왔던 것이다. 관절염이 심해지다 보니 결국 뼈들이 갈려서 사용을 할 수 없게 되었다. 방법은 하나. 몸 속에 금속을 박는 것이다. 그러다보니 그녀의 몸 속에는 현재 수많은 금속이 박히게 된 것이다. 하지만 몸 속으로 들어간 것이니 그녀와 가까운 사이가 아니라면 그녀의 몸 속에 금속이 몇 개나 들어가 있는지 알 수 없는 일이다. 때문에 그녀는 금속 덕분에 자유롭게 걷고 움직일 수 있었다. 이제 금속들은 그녀의 삶에 없어서는 안 되는 뼈 같은 존재이다.

　그러나 이런 그녀에게 정말이지 짜증나는 일이 있었다. 그것은 공항에서 보안 검사를 통과할 때 항상 치러야 하는 불편함과 불쾌함이다. 그녀의 몸 속에는 여러 개의 금속이 있어서 항상 한 번에 통과하지 못했던 것이다. 그도 그럴 것이 그녀의 몸 속에 금속이 어디 한두 개란 말인가.

　에일린 브라운은 처음에는 자신의 이런 처지가 자존심도 상하고 남에게 무언가 숨기던 것을 들킨 것 같은 죄책감도 느끼면서 아주 싫은 상황이었다고 한다. 하지만 모든 게 그렇듯이 처음 몇 번이 힘들고 괴롭지 반복되다 보면 그저 그러려니 하고 넘어가는 법이다. 이제는 예전처럼 공항의 검색대에 서는 일이 고통스러울 만큼 싫지 않단다. 금속이야말로 자신의 몸을 유지시켜 주는 일등 공신이기 때문에 이제는 사랑할 수밖에 없다는 것이다.

물론 아직도 그녀가 가장 무서워하는 것은 공항에 갈 때란다. 이쯤 되고 보면 그녀에게 여행은 아주 끔찍한 일이 될지도 모른다. 특히 해외 여행은 항공기에 의존할 수밖에 없을 테니 공항을 가지 않고서는 불가능한 일 아닌가?

하라주쿠의 명물
'코스프레'

"도대체 저게 귀신이야 사람이야."

"어, 저것들은 또 뭐야 변태들인 거야. 아니면 뭐야 대체."

세계 제2위의 경제 대국으로 불리는 일본. 일본 수도 도쿄에는 우리의 지하철 2호선처럼 중심가를 한 바퀴 도는 전철 야마노테센이 다닌다. 도쿄의 패션가 중 대표적인 곳이기도 한 하라주쿠 역은 야마노테센을 타고 가다 보면 나오는데 이곳에 내리면 처음부터 눈이 휘둥그레진다. 지하철 역을 나오자마자 오른쪽으로 걸어가면 바로 다리가 나오고 일본의 관광 명소 중한 곳인 '신궁'으로 가는 입구가 나온다. 그런데 놀라운 것은 그 다리 위의 풍경이다.

다리 위에는 10대 소년, 소녀들이 적게는 수십 명 많게는 100여 명 넘게 모여 있는데 그들의 차림새가 심상치가 않다.

죄수 복장을 하고 쇠고랑 찬채 끌려다는 아이, 만화 영화 속의 소녀 주인공처럼 화사한 옷을 입고 얼굴에 귀여운 화장을 한 소녀들, 만화 영화의 악당이나 괴물처럼 무서운 분장과 옷을 입은 아이들, 의사와 간호원 복장을 하고 마치 소꿉장난하듯 노는 아이들, 공주풍의 우아하고 화려한 드레스를 입은 아이들.

그들은 저마다 다른 컨셉의 의상과 분장을 하고 마치 연극을 하는 양 액션을 취하기도 하고 삐에로처럼 서성거리기도 한다. 아예 도시락과 음료를 사다놓고 먹어가면서 그들은 그들만의 문화를 즐긴다. 이름하여 '코스프레' 다.

하라주쿠의 코스프레는 세계적으로도 유명할 만큼 그곳의 명물이 되었다. 특히 주말이나 휴일에는 많은 10대들이 아침부터 저녁 늦게까지 다리 위를 점령한채 그들만의 놀이(?)에 빠진다. 현란한 의상과 소품, 그리고 기괴하기도 하고 환상적이기도 한 분장은 관광객들의 발길을 멈추게 하는 것은 물론이고 사진 작가나 저널리스트들에게는 아주 좋은 사진 모델이 되어 준다. 그들은 사진을 찍자고 하면 머뭇거리지 않고 응한다. 그렇다고 비용을 요구하거나 다른 조건을 달지 않는다. 그들이 코스프레를 즐기는 이유는 무엇일까?

대답은 아주 간단하다.

"그냥 좋아서" 또는 "재미있으니까 즐긴다." 등등 특별한 의미를 부여하지 않는다. 그러나 그들이 학생인 점을 감안하면 의상 비용이나 분장 비용이 만만찮을 것이라는 염려가 앞선다.

우리나라에도 최근 코스프레 동호회가 생겨났다고 한다. 나이 든 옛날 어른들이 보면 미친 짓처럼 보일지도 모른다. 하지만 당사자들에게는 그들만의 표현이고 문화인 셈이다.

다리를 이고 있는
특이한 아파트

아파트 옥상에 올라가면 하늘과 가까이 있다는 느낌을 갖게 된다. 최근의 아파트들은 고층이어서 웬만해서는 주변의 건물보다 높기 때문에 하늘을 보면 그야말로 거칠 것 없이 뻥 뚫려 있다. 그런데 아파트 위에 다리가 놓여져 하늘이 보이지 않는다면 그것은 지하 아파트나 다름없을 것이다. 지상에 있는데도 불구하고 늘 다리 그늘에 가려져 어둠침침한 아파트에서 살아야 한다면 이것은 그야말로 소송감이다. 또 그런 아파트에서 사는 사람이란 강심장일 것이다. 24시간 내내 지붕 위로 차가 쏜살같이 달려가는데 불안하기도 하고 시끄러워서라도 살 수가 있겠는가?

세상 그 어디에도 없을 것 같은 이같은 구조의 아파트가 중국에 있다면 믿겠는가? 워낙 사람 많고 넓은 땅이다 보니 다른 나라에서는 있을 수 없는 일이 중국에는 종종 일어난다. 실제로 중국 충칭에는 1년 내내 그늘져 있는 6층짜리 아파트가 한 동 있다.

이 건물에 햇빛이 들지 않는 데는 나름대로 사연이 있다. 처음 이 아파트가 들어설 당시에는 비스듬한 언덕 위에 우뚝 솟아 오른 전망 좋은 주거 공간이었다. 하지만 문제는 2005년도에 일어났다. 충칭 시내를 통과하는 고속도로가 건설된 것이다. 고속도로 건설 당시 정부에서는 도로 통과 지역의 건물들을 모두 철거할 예정이었다. 하지만 이 아파트 주민들은 이주를 거부했다. 주민들은 하나같이 어떤 보상을 해 준다고 해도 아파트를 떠날 수 없다는 강력한 의사를 표시한 것이다.

정부에서는 어쩔 수 없이 아파트 위를 지나는 고속도로를 건설하기에 이르렀다. 그후로 주상복합 건물인 이 아파트는 도로에 완전히 가려져 항공 사진으로 만들어진 지도에도 나타나지 않는다. 시끄럽고 햇빛이 들어오지 않는 것은 단점이지만 나름대로 장점도 있다. 아무리 세찬 눈이나 비가 내려도 직접 집으로 들이치는 일도 없거니와 더욱 매력적인 것은 냉방비가 들지 않는다는 것이다. 다리가 지붕 위를 덮고 있어 아무리 더워도 이곳은 시원하기만 한 것이다.

최근 들어 에너지 문제가 세계적인 이슈로 떠오르자 이 아파트는 순식간에 해외 인터넷 사이트에 소개되면서 스타가 되었다. 한국에서도 도로가 건설되면 어쩔 수 없이 건물은 사라져야 하건만 정부의 권력이 막강한 중국에서 이처럼 주민들의 파위가 강하게 반영되었다는 것은 보기 드문 일이기도 하다.

　때로는 문제가 된 아파트가 이렇게 세간의 화젯거리가 되기도 하니 세상만사 참으로 재미있는 일이 아닌가.

망아지 희망 전도사
'몰리'

우리는 자녀들에게 또는 제자들에게, 후배들에게 세상을 살아가면서 누구에겐가 희망이 되어 줄 수 있는 사람이 되어야 한다고 말한다. 유명한 인물이 되고 성공하는 것도 좋은 일이다. 하지만 더 중요한 일은 누군가에게 희망을 줄 수 있는 사람이 된다면 그것이 더 아름다운 인생을 살아가는 게 아닐까 싶다. 때문에 우리는 고난과 역경을 극복하고 일어선 의지 강한 많은 이들에게 갈채를 보내곤 한다. 그들로 하여금 많은 이들이 더 열심히 살아야겠다는 의지를 키우고 새로운 희망을 찾게 되기 때문이다. 다리가 없어 휠체어로 세계 일주를 하는 장애인, 장애가 있는 소녀의 마라톤, 수영 등등 보통 사람들보다 어려운 입장에 처한 그들의 아름다운 도전에 갈채를 보내곤 한다.

하지만 사람이 아닌 동물이 인간에게 아름다운 도전을 통한

용기를 준다면 어떨까.

'망아지' 하면 사람들은 '말도 아닌 것이 어디 쓸 데나 있나' 정도로 터부시하거나 못된 행동을 하면 '저 망아지 같은 녀석'이라고 말한다. 하지만 망아지도 망아지 나름이다. 미국 뉴올리언스에 살고 있는 몰리라는 망아지는 사람들에게 희망을 주는 세 발 망아지로 유명하다.

뉴올리언스는 3년 전 거대한 허리케인인 카트리나로 인해 엄청난 피해를 입었다. 이때 피해를 본 것은 사람만이 아니다. 동물들도 죽거나 집을 잃는 일이 발생했다. 이때 집을 잃고 헤매다 동물 보호소에 옮겨진 망아지가 있었으니 바로 희망의 주인공 몰리다. 몰리는 다행히 동물 보호소로 옮겨졌으나 곧 불행이 닥쳐왔다. 하필이면 그곳에 있던 투견에게 공격을 받아서 앞발을 절단할 수밖에 없게 된 것이다.

동물 보호소 측은 일단 몰리의 다리를 절단하기로 했다. 하지만 처음에는 상처가 너무 커서 관계자들 모두 죽을 것이라고 예상했다. 그런데 이게 웬일인가. 몰리는 사람보다도 더 강한 삶의 의지력을 보였다. 이에 몰리에게 사람의 의족과 같은 다리를 만들어 한쪽 다리에 붙여 주었다. 그러자 몰리는 무게 중심을 나머지 세 다리에 주면서 당당하게 수술실 밖으로 걸어 나왔다.

이제는 의족을 한 자신의 모습을 당당하게 드러내며 열심히 재활 의지를 보여 주고 있다. 이런 몰리의 이야기는 인터넷을 통해 전 세계로 소문이 퍼졌으며, 최근에는 자신의 홈페이지 (www.myspace.com/mollythepony)도 갖고 세상의 많은 어려운 이들에게 희망 전도사가 되고 있다. 검은 색 털을 가진 몰리는 머리카락이 마치 흑인 여성의 머리처럼 길게, 그리고 섹시하게 늘어져 얼굴과 머리 몸매 하나같이 사람들로부터 사랑을 받기에 충분하다.

힘이 들 때는 몰리를 찾아가 보면 어떨까. 미국이 아닌 인터넷 홈페이지로.